Edgar Wallace

Nacherzählt
von Alex Barclay

Das Silberne Dreieck
und
Der dritte Zufall

C. Bertelsmann Jugendbuch

Einbandgestaltung: Klaus Renner unter Verwendung
einer Illustration von Charlotte Panowsky
Gesamtherstellung Mohndruck Graphische Betriebe GmbH, Gütersloh
ISBN 3-570-08352-7 · Printed in Germany

1. Kapitel
Tote reden nicht

Robert Yenford schlug den Kragen seines Regenmantels hoch. Er stand an der Ecke Ifield Road und Cathcart Road in einer dunklen Häusernische. Er fröstelte, und er dachte daran, daß er vielleicht besser Scotland Yard angerufen hätte. Jetzt war es dazu zu spät. Jetzt blieb ihm nichts anderes mehr übrig, als vorsichtig zu sein und sich nicht blicken zu lassen, denn auf der anderen Seite der Ifield Road, an der alten Steinmauer des Brompton-Friedhofes, würde wahrscheinlich noch vor Mitternacht ein Verbrechen verübt werden.

Robert Yenford war kein Kriminalbeamter und auch kein Detektiv. Er besaß nicht einmal eine Waffe, mit der er sich notfalls hätte verteidigen können, und wenn er es sich genau überlegte, dann hätte er sich diese Geschichte lieber für seinen nächsten Kriminalroman ausgedacht. Das war er nämlich, ein junger und äußerst talentierter Schriftsteller, dem die Kritiker eine große Zukunft voraussagten.

Im Frühling war sein Erstlingswerk erschienen. WENN TOTE REDEN, das war der Titel, und Robert Yenford hätte nicht einmal im Traum gedacht, daß seine erfundene Welt Wirklichkeit werden könnte.

Drüben, hinter der alten moosbewachsenen Steinmauer, war alles still. Tote reden eben doch nicht, dachte Robert Yenford, und der Gedanke amüsierte ihn.

Er hauchte in seine kalten Hände, und der feuchtkalte Wind, der von der Themse her durch die Straßen und Gassen Chelseas strich, wehte ihm den Atem in Wolken vom Mund. Es war November. Es schien, als ob sich London in der Kälte duckte wie ein frierendes Tier. Der Winter stand vor der Tür.

Bei dem kleinen schmiedeeisernen Tor, das in den Friedhof führte, stand ein schwarzer, unscheinbarer Vauxhall, dem Nummernschild nach in Lewisham zugelassen. Das Licht einer Straßenlaterne, die über dem Hintereingang des Friedhofes brannte, glänzte auf dem schwarzen Lack und auf dem Chrom des Vauxhall, in dem eine Frau hinter dem Steuer saß.

Die Frau wartete schon fast eine halbe Stunde. Auf wen sie wartete, wußte Robert Yenford nicht. Eigentlich wußte er überhaupt nichts, außer, daß irgend etwas nicht stimmte.

Er war der Frau hierher gefolgt. Sein eigenes Auto, ein kleiner Austin, an dem der Rost nagte, hatte er am Redcliffe Square geparkt, zwei Straßen weiter. Robert Yenford hatte schon auf dem Weg kreuz und quer durch London, Westminster und Chelsea gefroren, denn in seinem Austin funktionierte unter anderem auch die Heizung nicht.

Robert Yenford blickte auf die Uhr, ein Geschenk seines Vaters, Oberst Yenford. Achtzehn Minuten vor Mitternacht war es. Die Frau schien zu früh hier angekommen zu sein. Seit elf Uhr dreißig wartete sie. Auf der schmalen Straße war kein Verkehr. Von der Finborough Road herüber kamen manchmal Geräusche. Autos, die langsam durch den Nebel glitten. Ein Bus, der an einer Station anhielt und nach einer Weile weiterfuhr.

Nebelschwaden krochen durch das kahle Geäst der Ahornbäume, die über die Friedhofsmauer ragten. Zwischen den Ästen hindurch konnte Robert Yenford das große Marmorkreuz sehen und die Kuppel der Kapelle, die sich in der Mitte des Friedhofes befand. Am Kreuz lief glänzendes Wasser herunter, obwohl es seit Tagen nicht mehr geregnet hatte. Wie Blut.

Robert Yenford schüttelte sich. Solcherlei Gedanken trugen nicht dazu bei, die Situation angenehmer zu machen. Er fror erbärmlich, und ein nagendes Gefühl von Unsicherheit quälte ihn, obwohl er nicht wußte, wovor er sich hätte fürchten müssen. Die Frau im Vauxhall hatte ihn nicht bemerkt. Und sonst war niemand da.

Oder doch?

Robert Yenford blickte sich suchend um. In einer schmalen Häuserlücke entdeckte er eine Katze, die geduckt dem Bordsteinrand entlangschlich und stehenblieb. Ihre lauernden Augen leuchteten grünlich. Für eine Weile rührte sie sich nicht. Dann schlich sie lautlos weiter und verschwand hinter einigen Mülltonnen.

Die Minuten bis Mitternacht wollten nicht vergehen. Robert Yenford blickte mindestens ein halbes Dutzend Mal auf seine Uhr, aber dann zuckte er zusammen, als mit lautem Klang plötzlich eine Glocke anschlug. Zwölfmal in gleichmäßigem Abstand verhallte das Echo der Schläge in der nebeligen Finsternis. Die Frau im Vauxhall rührte sich. Für einen Moment glaubte Robert Yenford, schwach ihr Gesicht schimmern zu sehen. Er kannte dieses Gesicht. Seit Monaten erschien es ihm in seinen Träumen. Ein hübsches, schmales Gesicht mit dunklen warmen Augen.

Robert Yenford war so in seine Gedanken versunken, daß er die Limousine nicht bemerkte, die so leise die Ifield Road herunterfuhr, daß es aussah, als würde ein lautloser dunkler Schatten an der alten Friedhofsmauer entlangkriechen.

Robert Yenford zuckte zusammen, als ihn für eine Sekunde der Lichtkegel des Suchscheinwerfers streifte, der auf dem Autodach montiert war. Er trat hastig einen Schritt zurück, bis er mit dem Rücken gegen den rauhen Mauerverputz stieß. Die Limousine glitt langsam an ihm vorbei. Im Inneren war es so dunkel, daß er nicht sehen konnte, wer darin saß, und daß sich zwei Köpfe nach ihm umdrehten.

Im Geiste notierte Yenford sich die Nummer. *ZHP 39 L.* L für Langley. Die Limousine war ein ausländisches Modell, wahrscheinlich ein deutscher Adler. Als sie an dem geparkten Vauxhall vorbeiglitt, wurde sie noch langsamer. Im Vauxhall ging die Innenleuchte an. Dreimal hintereinander und nur ganz kurz. Ein Haltesignal? Doch die Limousine beschleunigte abrupt, der Motor heulte auf, die Scheinwerfer erloschen. Mit quietschenden Reifen schlitterte der Wagen in die Fawcett Street hinein und war im nächsten Moment nicht mehr zu sehen.

Robert Yenford rührte sich nicht. Angespannt schaute er zum Vauxhall hinüber. Dort blieb alles still. Die Innenleuchte ging nicht mehr an. Minuten verstrichen. Dann betätigte die Frau den Anlasser. Der Vauxhall sprang an, und die Scheinwerfer wühlten in den Nebelschwaden, die über der Straße wallten. Langsam fuhr der Vauxhall an und glitt die Ifield Road hinunter bis zur großen Kreuzung an der Fulham Road. Dort, im Nebel kaum mehr zu erkennen, bog der Vauxhall nach links ab.

Robert Yenford verharrte eine Weile regungslos in der Häusernische, bevor er sich dazu entschloß, die Straße zu überqueren. Vor Aufregung fror er nicht mehr; obwohl er sich von diesem nächtlichen Abenteuer eigentlich mehr erwartet hatte, konnte er zufrieden sein. Sein Verdacht war wenigstens bestätigt worden. Jetzt konnte er sich vielleicht an Scotland Yard wenden, an Inspector Philander Dearborn, der ihm so oft mit gutem Rat zur Seite gestanden hatte, wenn er für seinen Roman Informationen gebraucht hatte.

Robert Yenford blieb fast das Herz stehen, als plötzlich die Katze schrie. Sie stand drüben in der Häusernische auf dem vorstehenden Sims eines Fensters, mit einem Buckel und hochgestelltem Schwanz. Sie fauchte zu ihm herüber, als ob sie ihn davon abhalten wollte, dorthin zu gehen, wo der Vauxhall gestanden hatte.

Robert Yenford zögerte einen Moment. Dann ging er weiter an der Friedhofsmauer entlang. Dort, wo der Vauxhall geparkt gewesen war, gab es nichts zu sehen außer einem frischen Ölfleck auf dem Asphalt. Robert sah sich um, und jetzt bemerkte er die Gestalt im Torbogen, der in den Friedhof führte. Die Gestalt bewegte sich nicht. Schwarz stand sie vor den Grabsteinen, die schwach zu erkennen waren. Das Gesicht schimmerte fahl, wie das eines Toten. Robert Yenford merkte, wie ihm der Schweiß ausbrach, er wollte zurückweichen, wollte davonlaufen, aber er war wie gelähmt. Die Gestalt bewegte sich und stürzte auf ihn zu. Robert Yenford hob beide Hände zur Abwehr, als der blanke Stahl einer Messerklinge aufblitzte.

Aaron Bean war an diesem Dienstag früh auf den Beinen wie jeden Morgen. Lange bevor der Tag graute, braute er sich am rußgeschwärzten Herd seiner kleinen Küche einen Kaffee und aß von dem Brot, das vom Abend zuvor übrig geblieben war. Das Brot war so hart, daß er die Brocken in den Kaffee tunken mußte, denn Aaron Bean hatte seit Jahren keine Zähne mehr.

Er war Totengräber von Beruf. Ein Ausgestoßener der Gesellschaft, mit dem niemand etwas zu tun haben wollte.

Seit er zurückdenken konnte, hatte er mit Pickel und Schaufel Löcher gegraben, in denen Tote ihre letzte Ruhe finden konnten. Wirkliche Ruhe. Und Frieden, in einer Zeit, in der überall auf dieser Welt Krieg herrschte, Tod und Verderben.

Aaron Bean wohnte in der Mansarde eines Hinterhauses, ganz in der Nähe seines Arbeitsplatzes, dem Brompton-Friedhof. Es war kalt in seiner Bude unter dem Dach. Er hätte zwar heizen können, aber Holz war teuer, und er fand nicht die Zeit, selbst in den Wald zu gehen und Holz zusammenzutragen. So benutzte er den Herd nur, um Kaffee zu brauen oder eine dürftige Mahlzeit zuzubereiten, meistens Büchsenbohnen und Speck, nur am Sonntag mal richtiges Fleisch.

Sonntage waren andere Tage für Aaron Bean. Am Sonntag starben zwar auch Leute, aber die wurden dann erst am Dienstag begraben, es sei denn in heißen Sommermonaten, wenn die Gefahr schneller Verwesung bestand. Dann kam es schon vor, daß ein Verstorbener vom Sonntag schon am Montag bestattet wurde, aus hygienischen Gründen, und Bean mußte dann am Sonntag das Grab ausheben.

An diesem Dienstagmorgen war es ein Mann namens Wilkins, der seinen Frieden finden sollte. Den Vornamen hatte Aaron Bean vergessen. Er machte sich ohnehin nichts aus Vornamen, nicht einmal aus seinem eigenen. Wenn er mit sich selbst im Rasierspiegel ein paar Worte wechselte, nannte er sich nur Bean. »Bean, die Welt ist ein Jammertal«, sagte er zum Beispiel an diesem Morgen nach dem Frühstück. Sein Spiegelbild gab ihm keine Antwort, da es mit ihm einig war.

Er seifte sein Gesicht ein und schabte sich die Bartstoppeln von der faltigen Haut. Es schien ein glücklicher Tag zu werden. Wann immer er nämlich die Prozedur ohne Schramme durchstand, hatte er Glück. »Gerecht ist die Welt trotzdem, Bean«, sagte er, jetzt etwas freundlicher. Er kämmte sein schütteres Grauhaar mit den Fingern, setzte seine Wollmütze auf und zog den alten schwarzen Mantel an, den er von einer Witwe als kleine Aufmerksamkeit erhalten hatte. Von den meisten erhielt er nichts. Die da kamen, vergossen ihre Tränen und verschwanden wieder.

Und das war gut so. Tote waren ihm angenehmer als Hinterbliebene. Hinterbliebene erinnerten ihn zu oft an Geier, die schon beim Totenmahl darauf aus waren, den anderen Erbberechtigten aus dem Teller zu fressen.

Es war sieben Uhr am Morgen, als Aaron Bean die Holztreppe hinunterging und im Erdgeschoß der alten Louise Postgate begegnete, der Vermieterin. Und wie jeden Morgen sagte sie: »Früh auf den Beinen, Bean.« Und er sagte: »Die Toten warten nicht gerne, Gnädigste.« Und dann fragte sie ihn sofort, wer es denn heute morgen war.

»Wilkins«, erwiderte er.

»Wilkins?«

»Niemand von Rang und Namen, Gnädigste.«

»Oh«, sagte Louise Postgate dann und ermahnte ihn, daß in neun Tagen die Miete fällig war. In neun Tagen. Der Teufel soll sie holen, dachte Aaron Bean, schloß die Haustür auf und trat in die Kälte hinaus.

Es war noch immer dunkel. Vor neun Uhr würde es nicht richtig hell werden. Nicht zu dieser Jahreszeit. Von seinem Haus aus hatte Aaron Bean nur zwei Straßen zu überqueren, dann war er an der Ifield Road. Er benutzte nie den Haupteingang zum Friedhof. Er hatte nicht einmal einen Schlüssel zum großen Tor. Eine Regel der Friedhofsverwaltung. Totengräber benützen den Hintereingang. Nicht einmal den Lieferanteneingang, durch den die Särge zum Leichenschauhaus gelangten und die Blumen und die Kränze in den Friedhof gebracht wurden.

Um zehn Uhr war die Beerdigung. Pünktlich, damit das Grab bis zum Mittag zu war und er nach getaner Arbeit eine Stunde Zeit fand, seinen kargen Lunch zu verdauen. Danach hatte er nämlich dazu keine Zeit mehr, denn drüben im Ostteil, dort, wo sich die ältesten Gräber befanden, mußte Raum für neue geschaffen werden. Zwei wollte er noch an diesem Tag ausheben. Ein fünfzigjähriges Doppelgrab. Mr. und Mrs. Rudgers, um die sich schon seit zwanzig Jahren keine Verwandten mehr gekümmert hatten. Viel von ihnen wird ohnehin nicht übrig sein, dachte Bean, als er das kleine Hintertor erreichte und in seiner Hosentasche nach dem Schlüssel suchte. Er hatte einen Haufen Kram darin; ein altes Taschenmesser, eine Schnur, eine ausgehöhlte Kastanie, die ihm ein taubstummes Kind aus der Nachbarschaft als Glücksbringer geschenkt hatte. Brotkrumen für die Friedhofskrähe, die er Snowflake nannte, und den Schlüssel, mit dem er das Hintertor seit über dreißig Jahren am Morgen aufschloß und am Abend zumachte.

An diesem Morgen mußte er feststellen, daß er den Schlüssel nicht benötigte. Das Tor war zwar zu, aber nicht abgeschlossen. Seltsam, dachte er. Wie konnte das Hintertor offen sein, wenn er es doch am Abend abgeschlossen hatte. Außer ihm hatte nur noch Crutch einen Schlüssel, sein Gehilfe, der einen Klumpfuß hatte und an Schwachsinn litt. Aber Crutch war vor ihm weggegangen, gestern.

Bean ging langsam den Kiesweg zwischen den Gräberreihen und den dichten dunklen Hecken hinauf. Der würzige Geruch der Friedhofsbäume tat ihm gut. Hier fühlte er sich zu Hause, und er konnte sich gar nicht vorstellen, daß es Leute gab, die sich hier nicht wohl fühlten oder sogar aus Angst einen großen Umweg um Friedhöfe machten. Hier herrschte Frieden. Hier herrschte Stille. Mit über sechstausend Toten, die alle ein gutnachbarliches Verhältnis hatten.

Bean lächelte. Manchmal, in der Stunde nach Mitternacht, tanzten hier vielleicht die Geister einen munteren Reigen; aber sonst war nichts los.

Bean bückte sich hier und dort, entfernte eine welke Blume, registrierte im Geiste ein Grab, das unordentlich aussah und dem Gärtner gemeldet werden mußte.

Auf dem großen Platz, wo das riesige Kreuz in den Nebel ragte, fütterte er Snowflake, eine große, wohlgenährte Krähe mit blauschwarzem Gefieder. Snowflake kam jeden Morgen, begrüßte ihn mit einem krächzenden Ruf, hüpfte neben ihm her und pickte währenddessen die Brotkrumen aus dem Kies.

Bean ging durch die Hintertür ins Leichenschauhaus und ließ frische Luft herein. Das Ewige Licht flackerte ein bißchen, aber solange er hier war, war es nur einmal ausgegangen, und zwar aus reiner Fahrlässigkeit. Crutch hatte vergessen, Öl nachzugießen.

Bean ging in den Geräteschuppen, nahm einen Besen und kehrte die feuchten Herbstblätter von den Stufen, die zum Portal hochführten. Um neun Uhr würde er die Pforte öffnen und die Leute hereinlassen, die noch einen letzten Blick in das Gesicht des Toten werfen wollten. Dazu gab es einen extra Schieber im Sargdeckel. Auf Verlangen konnte der Sarg auch offen gelassen werden, aber die Verwandten von Wilkins, der von einem Auto überfahren und ziemlich übel zugerichtet worden war, hatten darauf keinen Wert gelgt.

Bean sah, daß im Wärterhaus neben dem Haupteingang zum Friedhof ein Licht angezündet wurde. Ridgely war auf. Sein Hund schnüffelte an den beiden Säulen bei der Pforte herum und pinkelte auch schon dagegen. Widerlich, dachte Bean. Als Pförtner hätte man dem Hund schon längst Respekt vor dem Friedhof beibringen müssen.

Ridgely kam aus dem Haus und streckte sich gähnend. Ein ordinärer Mensch, ohne Manieren, genau wie sein Hund. Er öffnete die große Pforte. Dann kam er den brei ten Kiesweg entlang, spuckte zum Grab eines Dichters und Denkers hinüber, der seinerzeit ziemlich berühmt gewesen war, und kam die Treppe hoch.

»Feiner Morgen, wie«, sagte er und rieb seine Hände. »Was ist heute mit dem dort?« Er zeigte zum Sarg hinüber, der auf der Trage lag, bedeckt von einem Bouquet aus weißen Nelken, Gladiolen, Astern und gelben Rosen. Am Kopfende des Sarges waren die Kränze zur Schau gestellt, mit den schönen glänzenden Schleifen, auf denen in Goldbuchstaben allerlei Sprüche aufgedruckt waren. Besonders einer stach ins Auge, und der hieß: »Wo Du hingehst, folge ich Dir bald.« Darunter zwei Buchstaben. Wahrscheinlich die Anfangsbuchstaben eines Namens. Wilkins' Freundin oder so. Irgend jemand, der ihn vermißte.

»Was soll mit dem schon sein«, sagte Bean. »Heh, dein Hund pinkelt gegen die Steine.«

»Na und? Tut er doch jeden Morgen.« Ridgely lachte. »Wie viele kommen, was glaubst du?«

»Fünfzig, vielleicht.« Bean hatte keine Ahnung. Über Wilkins' Unfall hatte einiges in der Zeitung gestanden, wahrscheinlich kamen dadurch mehr Leute. Ältere Damen, die sonst nichts zu tun hatten und neugierig waren. Es fiel Bean auf, daß der Sarg nicht gerade auf der Trage lag. Und das purpurne Samttuch war verrutscht. Er stellte den Besen gegen die Wand und ging zum Podest in der Mitte der runden Halle. Ridgely folgte ihm. »Heb mal den Sarg ein bißchen an«, forderte ihn Bean auf. »Ich will das Tuch zurechtziehen.«

»Pedant«, sagte Ridgely. »Kann dir wohl nie genau genug sein, wie?« Er schob die Finger am Fußende des Sarges unter den silbernen Löwenfuß und spannte seine Muskeln. »Heh, ich hoffe, es kommen genug, um diesen Fettprotz zu tragen, Bean«, keuchte er, ohne daß es ihm gelang, den Sarg auch nur einen Zentimeter anzuheben.

Bean blickte auf und kniff die Augen etwas zusammen. Er hatte sich Wilkins doch gestern noch genau angesehen, bevor er den Deckel auflegte ... »Teufel«, entfuhr es ihm. Mit beiden Händen griff er nach dem Sargdeckel, der noch nicht festgeschraubt war, und hob ihn leicht an.

Was er zu sehen kriegte, brachte ihn fast um den Verstand. Im Sarg lagen zwei Tote; Wilkins und ein anderer, eng nebeneinander wie Sardinen. Kopf an Fuß. Aber im Gegensatz zu Wilkins, der barfuß war, trug der andere Schuhe, und auf seinem Regenmantel war ein dunkler Fleck.

Blut!

Ridgely, der sich neugierig vorbeugte, zerquetschte ebenfalls einen Fluch zwischen den Zähnen und fuhr zurück, als hätte ihn eine Wespe in die Nase gestochen.

»Da . . . da . . . da sind ja zwei drin«, stotterte er. »Seit wann ist es so . . . so schlimm mit dem Platzmangel?«

»Red keinen Mist und hilf mir mal mit dem Deckel«, fuhr ihn Bean an. Es galt jetzt, schnell zu handeln, denn in knapp einer Stunde würden die ersten Familienangehörigen von Wilkins hier sein, um einen Blick durch den kleinen Schieber im Sargdeckel zu werfen. Nicht auszudenken, welch eine Tragödie es gegeben hätte, wenn neben Wilkins' gepudertem Kopf die Füße eines anderen Mannes aus dem Kissen geragt hätten.

2. Kapitel
Der erste Zufall

Es war schon ein ganz gehöriger Zufall, daß Leon Gonsalez zur Beerdigung von Hugh Wilkins geladen war. Die schwarzgerahmte Todesanzeige mit dem Beerdigungstermin lag seit Montagmorgen auf dem kleinen Marmortischchen im Salon, unter einer chinesischen Vase mit frischen burgunderfarbenen Astern, die von Poiccart gehegt und gepflegt wurden. Poiccart liebe Astern.

An diesem naßkalten Dienstagmorgen kam George Manfred, der dritte Bewohner, in das kleine Haus an der Curzon Street zurück, als schon fast der Tag graute. Und wie so oft, hatte er auch heute wieder Lippenstift am Mantelkragen, diesmal einer von blutroter Farbe. Außerdem sah er überhaupt nicht gut aus, müde und mitgenommen.

Poiccart öffnete ihm die Tür, über der das silberne Dreieck an der Hauswand hing.

»Willkommen im trauten Heim«, sagte er. »Müde?«

»Man wird nicht jünger, Poiccart«, gab George Manfred zurück. Er war ein großer, wohlgebauter Mann mit dem Gesicht eines wahren Herzensbrechers. Selbst im November hatte er sonnengebräunten Teint, ein Luxus, den sich zur Zeit in London nur wenige Leute leisten konnten. Urlaub in Südspanien. Herrlich.

Leon Gonsalez träumte noch jede Nacht von dem Spanienurlaub, aber *er* war blaß wie eh und je geblieben. Es war eine aristokratische Blässe, die gut zu seinem kleinen Schnurrbart paßte, den er sich hatte wachsen lassen. An diesem Dienstagmorgen nahm er sich besonders viel Zeit mit der Toilette, verbrauchte Kölnisch Wasser und Brillantine in größeren Mengen, zog sein bestes Hemd an und einen schwarzen Anzug, dessen Hose Poiccart am Abend zuvor hervorragend aufgebügelt hatte.

Als er aus seinem Schlafzimmer kam, lag George Manfred auf dem Sofa, umarmte eines der seidenen Kissen und verdrehte die Augen vor Müdigkeit. »Wem gebührt denn heute morgen die Ehre, dich in bester Aufmachung bewundern zu dürfen?« fragte er gähnend. »Ein Geschäft in Aussicht?«

»Du siehst mies aus, George«, gab Leon Gonsalez kaltherzig zurück. Er nahm den schwarzgerahmten Umschlag vom Marmortischchen und steckte ihn in die Innentasche seines Jackets. »Vielleicht solltest du mal eine Nacht im eigenen Bett verbringen.«

»Sorgen hast du«, lächelte Manfred.

Poiccart kam aus der Küche. Er hatte sich eine Schürze umgebunden, und als er Leon Gonsalez sah, verbeugte er sich mit der Grandezza eines spanischen Edelmannes.

»Ein Anblick edelster Klasse, Leon«, schwärmte er. »Gehst du zu einer Hochzeit oder zu einer Beerdigung?«

»Du solltest etwas Wangenrot auftragen«, schlug Manfred schläfrig vor.

»Frühstück in der Küche heute?« fragte Leon Gonsalez statt einer Antwort, denn er haßte es, wenn im Eßzimmer der Tisch nicht gedeckt war. »Ein besonderer Tag, was?«

»In der Tat«, gab der hagere Poiccart zurück. »Heute kommt die Putzfrau, und sie will wie immer im Eßzimmer anfangen.« Er deutete mit einer erneuten Verbeugung zur Küchentür. »Darf ich bitten, die Herrschaften, es ist aufgetragen.«

Kaum hatte Poiccart ausgesprochen, klingelte das Telefon. Manfred langte seufzend nach dem Hörer, kriegte ihn nicht richtig zu fassen und ließ ihn gegen die Kante des Marmortischchens fallen. Als er ihn schließlich gegen sein

Ohr preßte, brüllte ihm Inspektor Philander Dearborn von Scotland Yard derart entgegen, daß ihm beinahe das Trommelfell platzte.

»Mit wem, zum Teufel, bin ich eigentlich verbunden?« lärmte Dearborn. »Mit dem Silbernen Dreieck oder mit irgendeinem Knallkopf?!«

»Sir«, sagte George Manfred und gähnte herzhaft. »Sir, wenn Sie irgendwelche Reklamationen haben, melden Sie sich bitte beim Telefonamt. Dies hier ist ein ehrenwerter Haushalt, und . . .«

»Manfred, sind Sie das, zum Teufel?« Inspektor Philander Dearborn mußte niesen, und diesesmal schlug es Manfred fast den Hörer aus der Hand. »Dämlicher Schnupfen«, kam es hinterher. »Well, Manfred, geben Sie mir mal Leon an die Strippe.«

»Stecken Sie ihn nur nicht an, mein Guter«, sagte Manfred und winkte Leon heran. »Snake-Eye«, sagte er so laut, daß Inspektor Dearborn hören mußte, wie hemmungslos man hier im kleinen Haus an der Curzon Street mit seinem Spitznamen umging.

Leon Gonsalez hörte genau zu, was der gute Inspektor zu sagen hatte, und als dieser fertig war, sagte Gonsalez beinahe andächtig: »Und Friede seiner Asche. Ich weiß nicht, wer es sein könnte und warum er es so eilig hatte, begraben zu werden.« Er hängte den Hörer auf, ging auf den Flur hinaus und nahm den Hut von der Garderobe.

»Was ist mit dem Frühstück?« fragte Poiccart.

»Ich bin von Inspektor Dearborn dazu eingeladen«, sagte Leon, setzte den Hut auf, warf einen letzten Blick in den Spiegel und verließ das Haus.

Poiccart und Manfred wechselten einen Blick. Mehr nicht. Sie kannten Leon lange genug. Irgendwann würde er ihnen schon verraten, wer es so eilig gehabt hatte, begraben zu werden.

Auf dem Weg nach Hause fing der riesige Mann zu jammern an. Ganz aufgelöst saß er neben der Frau, die ihn unbeherrscht anfuhr.

»Hör auf mit dem Geflenne, Norman!« schimpfte sie und steuerte den schwarzen Adler die Wellington Road hoch, die zu einem der weniger herrschaftlichen Vororte Londons führte. Es mochte etwa zwei Stunden nach Mitternacht sein, und selbst auf dieser Hauptstraße war kaum mehr Verkehr. Der Nebel hier draußen, etwas weiter von der Themse entfernt, war nicht mehr so dicht, und trotzdem sah die Frau den Streifenwagen nicht, der beim St. Johns Hospital geparkt war. Die Konstabler Givens und Glencoe hatten Nachtdienst bis Dienstagmorgen um sieben, und da schon seit Stunden nichts Außergewöhnliches passiert war, beschlossen sie, der schwarzen Limousine zu folgen.

In der Limousine hörte der Mann nicht auf, sich Vorwürfe zu machen. Die Frau hörte sich das alles eine Weile lang an, aber schließlich verlor sie die Geduld und drohte, ihm das Messer wegzunehmen. Der Riese neben ihr verstummte.

Nein, das Messer wollte er sich nicht wegnehmen lassen. Sie wußte es, und im Stillen lächelte sie. Er war wie ein Kind. Er hatte seine Lieblingsspielsachen, und darunter befand sich eben das große schwere Fleischmesser, das ihm sein Vater geschenkt hatte, vor langer, langer Zeit. Damals war Norman noch ein guter Junge gewesen, etwas schüchtern und wohlerzogen. Irgendwann hatte sich das alles geändert. Kurz nach dem Tod seines Vaters und seiner Mutter, die während eines schlimmen Gewittersturmes ums Leben gekommen waren, bei dem der Blitz ins Haus eingeschlagen hatte. Normans Mutter konnte sich nicht befreien, und so stürzte sich der Vater todesmutig noch einmal in die Flammen. Seither war Norman nicht mehr richtig im Kopf; das hatte man zum erstenmal gemerkt, als er dabei erwischt wurde, wie er die Nachbarskatze umbrachte.

Das war lange her, und Norman hatte einige Jahre in verschiedenen Anstalten unter Aufsicht von Nonnen zugebracht, weil sich sonst niemand um ihn kümmern wollte. Er war ein Risiko für die Frau und für seinen Bruder Gordon.

Jetzt saß er in sich zusammengesunken neben der Frau, und als sie den Kopf drehte und ihn von der Seite her ansah, bemerkte sie die Tränen, die ihm über die Wangen liefen.

»Warum weinst du, Norman?« fragte die Frau, und es gelang ihr einfach nicht, ihrer Stimme einen sanften Klang der Anteilnahme zu geben.

»Du weißt genau, warum ich weine«, preßte Norman hervor.

»Nein, Norman«, sagte die Frau. »Wenn es wegen des Mannes ist, der uns beinahe in die Quere gekommen wäre, dann brauchst du nicht zu weinen.«

»Ich habe ihn getötet«, entgegnete Norman. »Ich habe ihn umgebracht, weil du es von mir verlangt hast.«

»Es war gut, daß du ihn umgebracht hast«, sagte die Frau. »Es war notwendig, verstehst du. Er hat uns gesehen.«

Norman runzelte die Stirn. Er war ein klotzig wirkender Mann mit einem eckigen Gesicht. Seine Augen standen eng beisammen, unter einem dicken, von Brauen bewachsenen Wulst. Er hatte Augen wie eine Ratte, und deswegen hatte man ihn schon in der Schule »Ratso« genannt. Die Frau hütete sich davor, ihn »Ratso« zu nennen. Obwohl sie ihn gut kannte, war er ihr in seiner unberechenbaren Art immer noch nicht ganz geheuer.

»Wird Gordon mich dafür prügeln, daß ich den Mann

umgebracht habe?« fragte Norman, nachdem er eine Weile nachgedacht hatte.

Die Frau lachte. »Nein. Er wird dich loben, Norman. Er wird dir ein Geschenk machen.«

»Ein Geschenk?«

»Ja.«

»Ich will kein Geschenk.«

»Oh. Und was willst du dann, Norman?«

»Ich will, daß er mich nicht prügelt.«

»Aber er wird dich nicht prügeln, du kannst ganz beruhigt sein, Norman.«

Norman schwieg. Die Frau sah im Rückspiegel die Scheinwerfer eines Autos, das in einigem Abstand folgte. Sie verlangsamte das Tempo etwas. Das Auto wurde auch langsamer. Sie fuhr etwas schneller, aber die Scheinwerfer blieben im gleichen Abstand hinter ihr.

Die Frau merkte, wie Unruhe in ihr aufkam. Sie versuchte sich auszudenken, welchen Fehler sie gemacht hatten, aber es fiel ihr nichts ein. Norman hatte gut gearbeitet. Schnell und ohne ein Geräusch zu machen. Und dann hatten sie die Leiche in einem Sarg untergebracht, wo sie wahrscheinlich nicht vor den Morgenstunden entdeckt werden würde, falls man sie überhaupt fand. Manchmal wurden Leute beerdigt, ohne daß jemand noch einmal in den Sarg blickte, davon war die Frau überzeugt.

Der Blick der Frau hetzte vom Rückspiegel zur Straße, zurück zum Rückspiegel und wieder zur Straße. Sie merkte, wie ihre Hände feucht wurden, und sie nahm sich vor, alles mit Gelassenheit zu nehmen und sich mehr aufs Fahren zu konzentrieren.

»Weißt du, wer der Mann war?« fragte Norman plötzlich und riß sie aus ihren Gedanken.

»Nein, Norman. Ich weiß nicht, wer der Mann war.«

»Du hast doch in seine Taschen gesehen.«

»Es war nichts drin außer dem Geldbeutel und ein paar Shilling.«

Norman schwieg. Die Frau blickte wieder in den Rückspiegel. Noch immer waren die Scheinwerfer hinter ihr, und sie konnte dazwischen schwach die Umrisse des Autos erkennen.

»Wenn ich nur wüßte, wer der Mann gewesen ist«, sagte Norman nach einer Weile.

»Vergiß es, Norman!« fuhr sie ihn an. »Halt doch endlich den Schnabel!«

»Warum schreist du mich an?« fragte Norman entrüstet. »Was habe ich dir gtan? Willst du, daß ich krank werde? Willst du, daß mich Gordon schlägt? Willst du, daß ich . . .«

»Norman, bitte sei vernünftig«, flehte die Frau, denn in diesem Moment leuchtete ein Rotlicht durch die Heckscheibe der Limousine. Die Frau wurde so nervös, daß sie mit dem Vorderrad gegen die Bordsteinkante fuhr. Der Wagen schlingerte, und Norman schlug mit dem Kopf gegen das Seitenfenster. Als die Sirene kurz aufheulte, brachte die Frau den Wagen wieder unter Kontrolle, und sie fuhr langsam zum Straßenrand und hielt an.

»Polizei, Norman«, zischte sie. »Bitte, verhalte dich still. Sag kein Wort!«

Norman betastete die Beule an seiner Schläfe, als zwei Polizisten nach vorne kamen. Konstabler Givens trat an die rechte Tür, Konstabler Glencoe an die linke, und da es sich bei der Limousine um ein deutsches Fabrikat handelte, war sie linksgesteuert. Konstabler Glencoe beugte sich zum Fenster herunter. Er war ein großer, spindeldürrer Mann, der es im Kreuz hatte. Trotzdem grüßte er freundlich, und die Frau bemerkte, wie ihm der spitze Adamsapfel aus dem engen Uniformkragen sprang.

»Wohin des Weges, Ma'am?« fragte er.

»Wir fahren nach Hause, Konstabler.« Die Frau lächelte. Aber selbst einem Mann wie Glencoe, der in seiner langen Laufbahn als Konstabler in allerlei Gesichter gesehen hatte, lief es bei diesem Lächeln eiskalt über den Rücken. Er richtete sich etwas auf und sah, wie Givens durch die Scheibe dem Mann ins Gesicht leuchtete. Ein sonderbares Gesicht; kantig, mit einem vorstehenden Wulst über den Augen und einer fliehenden Stirn. Wie ein Gorilla, dachte Konstabler Glencoe.

»Alles in Ordnung, Ma'am?« fragte er.

Die Frau blickte auf. Sie hat die kältesten Augen, die ich je gesehen habe, dachte Glencoe, Augen wie aus Eis.

»Wenn Sie uns nicht aufhalten würden, kämen wir in dieser Nacht vielleicht noch zu unserer wohlverdienten Nachtruhe, Konstabler«, sagte die Frau, und Glencoe sah sich veranlaßt, eine Entschuldigung zu murmeln.

Givens knipste die Taschenlampe aus, und die Frau fuhr so hart an, daß der Seitenspiegel ihm die Mütze vom Kopf riß, bevor er zurückweichen konnte.

»Seltsames Pärchen«, sagte Glencoe nachdenklich und schaute hinter der Limousine drein. »Möchte nur wissen, wer die beiden waren, Givens.«

Givens, der leise fluchend seine Mütze aufgehoben hatte und sie mit dem Taschentuch sorgfältig abklopfte, hob den Kopf.

»Warum, zum Teufel, hast du sie nicht gefragt!« sagte er ärgerlich und ging zum Streifenwagen zurück. Es war eine scheußliche Nacht, und Givens wünschte, es wäre schon um drei Uhr Schichtwechsel und nicht erst um sieben am Morgen.

Inspektor Philander Dearborn hockte in einem leeren Sarg im Anbau zum Leichenschauhaus und schneuzte sich in ein noch steifes, rot-weiß kariertes Taschentuch, das er tags zuvor einem Warenhausdieb abgeknöpft hatte. So, wie er im Sarg saß und die Beine heraushängen ließ, hätte er auch in einen Käfig gepaßt, dachte Leon Gonsalez, als er den kleinen Raum betrat, in dem für den Notfall immer einige Särge aufbewahrt wurden.

Inspektor Dearborn von Scotland Yard war ein dünner, gelenkiger Mann mit einem schmalen Gesicht und leicht abstehenden Ohren. Solange sich Leon Gonsalez zurückerinnern konnte, er hatte Dearborn noch nie ohne Schnupfen angetroffen. Während der kälteren Jahreszeit war es ein richtiger, ansteckender Schnupfen; im Sommer ein schlimmer Heuschnupfen, der sogar bei Leon Gonsalez ein Gefühl des Mitleides erweckte.

Aus kleinen, stark entzündeten Augen musterte Dearborn den Mann mit dem kleinen Oberlippenbart, als ob dieser unterwegs hierher bereits wichtigstes Indizienmaterial beseitigt hätte.

»Sie kommen spät, Gonsalez«, sagte er mißtrauisch, knüllte das Taschentuch zusammen und steckte es in die Manteltasche.

»Beklagen Sie sich beim Taxifahrer, Verehrtester«, sagte Leon höflich und blieb in einigem Abstand stehen. »Eigentlich bin ich zu einer Beerdigung geladen, und ich habe keine große Lust, mich vorher über Scotland Yard und seine Art der Verbrechensbekämpfung zu amüsieren. Schießen Sie also los, Inspektor.«

Inspektor Dearborn verzog sein verschnupftes Gesicht. »Sachte, Gonsalez«, sagte er. »Es kann ja wohl kein Zufall sein, daß Sie zu einer Beerdigung geladen sind, bei der ein Toter im Sarg gefunden wird.«

Jetzt lächelte Leon. »Wie das Beerdigungen so an sich haben, nicht wahr, Verehrtester«, höhnte er, aber es dauerte nur ein paar Sekunden, bis der gute Inspektor merkte, worauf Leon hinaus wollte. Dann machte er ein ziemlich dämliches Gesicht und muffelte einigemale: »Äh, äh, äh, natürlich, Gonsalez. Ich meine den zweiten Toten im Sarg, und der gehört keineswegs hierher.«

»Davon bin ich nicht so sehr überzeugt. Tote gehören nun mal auf den Friedhof, Inspektor. Aber wenn Sie meinen, daß es schon ziemlich ungewöhnlich ist, daß zwei Tote in einem Sarg liegen und einer davon zweifellos ermordet wurde, dann will ich Ihnen gern recht geben.«

»Genau das meine ich, Gonsalez. Und daß es kein Zufall sein kann, das liegt auf der Hand.«

»Zufall?« Leon Gonsalez wiegte den Kopf. Es fiel ihm oft auch recht schwer, an Zufälle zu glauben. Vielmehr war er der Überzeugung, daß alles seinen ganz bestimmten Ablauf hatte und nur ganz selten irgendwo etwas unplanmäßig verlief. Und wer immer die Pläne schmieden mochte, manchmal blieb einem gewöhnlichen Sterblichen nur übrig, zu staunen.

»Nun, Gonsalez«, drängte Inspektor Dearborn und nahm ein Fläschchen mit Nasentropfen aus seinem Mantel, ohne Leon aus den Augen zu lassen. »Was ist der wahre Grund Ihrer Anwesenheit bei der Beerdigung eines Mannes, der Ihnen vor nicht ganz drei Wochen zufällig bei einem Spaziergang im Hyde Park begegnet ist?«

»Ich stelle fest, daß Sie Hausaufgaben gemacht haben, Verehrtester«, sagte Gonsalez lachend, während er der Prozedur zuschaute, mit der sich Inspektor Dearborn eine freie Nase verschaffen wollte. Wahrscheinlich hat Dearborn schon ein paar der anwesenden Trauergäste verhört, überlegte er. Auf jeden Fall war es kein Zufall gewesen, der ihm Hugh Wilkins näher gebracht hatte. Wilkins war ein Mann gewesen, dessen Gesicht derart interessante Züge aufgewiesen hatte, daß ein Amateurgesichtsforscher wie Leon Gonsalez ihn nicht einmal in einer zehntausendköpfigen Menschenmenge auf der Gegentribüne eines

Fußballstadions übersehen hätte. Im Hyde Park aber, an einem herrlichen Sonntagnachmittag vor nicht ganz vier Wochen, und nicht wie Dearborns Informationen lauteten, vor drei, war Hugh Wilkins allein eine Allee heruntergekommen, in tiefsten Gedanken versunken, wie es Leon schien. Ein Träumer, das war Leons erste Vermutung. Er klappte sein Lieblingswerk von Signore Paolo Mantegazza über die »Intellektuelle Deutung des Gesichtes« zu, erhob sich von seiner Bank und verwickelte Hugh Wilkins in ein herrliches Gespräch über Botanische Gärten. Und dabei stellte es sich heraus, daß Wilkins nicht unbedingt ein Träumer war, sondern ein in sich versunkener Mensch, ein Naturfreund, der die Hintergründe des Lebens zu erforschen suchte. Ein Glücksfall für Leon, einen Menschen von solch vielschichtiger Art kennenzulernen.

Aber das wußte Inspektor Dearborn alles nicht. Er schnüffelte, sog die Tropfen seine Atemwege hoch, schüttelte sich wie ein nasser Hund und hustete so laut, daß er hätte Tote aufwecken können.

»Hugh Wilkins war mir ein lieber Freund, Inspektor«, sagte Leon Gonsalez und warf einen Blick auf seine Taschenuhr. »Ich möchte die Beerdigung nicht verpassen.«

»Wollen Sie nicht zumindest den anderen Toten ansehen?« fragte Dearborn und kletterte aus dem Sarg. »Er liegt drüben in der Halle. Die Trauergäste werden noch nicht zugelassen, bis die Spurensicherung beendet ist. Dann schaffen wir ihn weg, und Ihr Freund Wilkins kann meinetwegen beerdigt werden.«

Inspektor Dearborn führte Leon durch eine Seitentür ins Leichenschauhaus, in dem ein paar Beamte von Scotland Yard unter Anleitung des Kriminalunterkommissars Peter Roos die Spuren sicherten, falls es überhaupt welche gab.

Der Sarg, in der Mitte der großen Halle, war offen. Ein

kleiner, schwarz gekleideter Mann mit einem faltigen grauen Gesicht stand am Kopfende des Sarges. Er starrte Leon mißtrauisch an.

»Das ist Mr. Bean, der Totengräber«, sagte Philander Dearborn.

»Erfreut«, sagte Leon und lauschte nachdenklich dieser Notlüge nach, während er die beiden Toten betrachtete, die Kopf bei Fuß im Sarg lagen. Im Tode hatten sich Wilkins' Züge geglättet, stellte Leon beinahe betrübt fest, und sein Blick streifte das Antlitz des anderen Mannes, der Blut auf dem Mantel hatte, sonst aber einen recht friedlichen Eindruck machte.

»Ich nehme an, Scotland Yard weiß inzwischen, um wen es sich bei dem Ermordeten handelt«, sagte Leon leise.

Peter Roos, ein noch junger Mann und seit über einem Jahr Dearborns Untergebener, lächelte stolz. »Yenford«, sagte er. »Robert Yenford.«

»Der Schriftsteller?« fragte Leon Gonsalez, ohne sich anmerken zu lassen, wie überrascht er war. Inspektor Dearborn warf Roos einen vernichtenden Blick zu, und der Kriminalunterkommissar zog den Kopf etwas zwischen die Schultern.

»Well, Gonsalez, eigentlich wollte ich den Namen von Ihnen hören«, sagte Dearborn mißmutig.

»Sie haben einen schnellen Mann zur Seite, Verehrtester«, sagte Leon und blickte Bean an, der ein bißchen schmunzelte. »Sie haben den Ermordeten entdeckt«, sagte er, und es war eher eine Feststellung als eine Frage.

»Zufällig«, nickte Aaron Bean. »Ich und der Pförtner. Das Tuch war verrutscht. Da wollten wir den Sarg etwas anheben.«

Dearborn trat ungeduldig von einem Fuß auf den anderen.

»Nun, Gonsalez. Was haben Sie mit Yenford zu tun?«

»Ich habe sein Erstlingswerk gelesen«, sagte Leon und betrachtete kurz die Schuhsohlen des Ermordeten.

»Und?« fragte Dearborn neugierig.

»Hm. Das Buch hielt mich bis zur letzten Seite in Atem.«

»Das meine ich nicht«, stieß Dearborn grimmig hervor.

»Was dann?«

»Ich will wissen, was hier passiert ist, zum Teufel.«

Leon richtete sich etwas auf. »Das herauszufinden, Verehrtester, ist wohl die Pflicht und Schuldigkeit eines Kriminalinspektors, nicht wahr. Ich selbst habe nichts damit zu tun.«

»Soll das heißen, daß Sie sich raushalten, Gonsalez?«

Leon Gonsalez lächelte nur und blieb dem Inspektor die Antwort schuldig. Er verließ das Leichenschauhaus durch den Anbau und gesellte sich unter die Trauernden. Erst als Scotland Yard den Leichnam von Hugh Wilkins freigab zur Beerdigung, wurde die Pforte geöffnet und die Leute zum Sarg vorgelassen. Leon verzichtete darauf, einen letzten Blick durch das kleine Fensterchen im Sargdeckel zu werfen. Er hatte sich Hugh Wilkins' Gesicht eingeprägt, und zwar so, wie es zu Lebzeiten ausgesehen hatte.

3. Kapitel
Das Gebetbuch

Leon Gonsalez hatte einen unerschütterlichen Glauben an die Gleichzeitigkeit und Häufung von ähnlichen Vorfällen. Er war überzeugt, daß ein geheimnisvolles Gesetz dafür sorgte, daß er am Nachmittag einer rosa Kuh mit nur einem Horn begegnete, wenn er schon am Vormittag dieses etwas unwahrscheinliche Erlebnis gehabt hatte.

»Zusammentreffen gleicher Ereignisse, mein lieber George, sind unvermeidlich – nicht zufällig.«

Manfred brummte als Antwort etwas Unverständliches – er studierte gerade die Akten eines Falles, der etwas mit einer hübschen Witwe und einem skrupellosen Erbschleicher zu tun hatte.

Leon Gonsalez blickte aus dem Fenster über die Ziegeldächer der Nachbarhäuser hinweg. Für eine kurze Zeit an diesem Nachmittag hatte sich der Nebel aufgelöst und ein wunderschöner, pastellblauer Himmel wölbte sich über London. »Ich bin sicher, daß ich es demnächst mit einem zweiten Toten zu tun haben werde, oder zumindest völlig überraschend noch einmal zu einer Beerdigung geladen werde.«

Raymond Poiccart, der die Putzfrau hinausgeleitet hatte, kam von der Tür zurück. Er mußte die letzten Worte seines Partners gehört haben. »Hoffentlich trifft es nicht einen von uns«, sagte er, und es klang fast wie eine düstere Prophezeiung.

Manfred blickte sofort auf. »Damit ist nicht zu spaßen«, sagte er vorwurfsvoll.

»Ich hatte nicht die Absicht, dich mit einem Scherz zu erheitern, mein Freund«, gab Poiccart zurück und verschwand in der Küche.

»Wenn ich nur wüßte, wo ich den Hebel ansetzen sollte«, sagte Leon. So leicht gab er nicht auf, schon gar nicht an einem schönen Herbstnachmittag wie diesem. »Was hatte Robert Yenford zu später Nachtstunde beim Brompton-Friedhof zu suchen? So weit von seinem eigenen Haus entfernt. Und wer hat ihm dort aufgelauert? Was wollte der Mörder von ihm? Kannte er ihn? War er vielleicht sogar mit ihm verabredet?«

Jetzt hob George Manfred den Kopf. »Du meinst, der Mörder könnte eine Dame sein?«

Leon runzelte die Stirn. »Ausgeschlossen«, sagte er. »Jemand hat ihn von der Straße bis zum Leichenschauhaus getragen. Er kann den Friedhof nicht lebend betreten haben.«

»Wieso? Hat man den Tatort festgestellt?«

»Nein. Dearborns Leute suchen den ganzen Friedhof ab.«

»Und wie kommst du auf die Vermutung, daß er nicht *im* Friedhof ermordet worden ist?« fragte Manfred, und es freute Leon insgeheim, daß es ihm gelungen war, das Interesse seines dritten Partners zu wecken. Daß Poiccart hinter der Küchentür lauschte, davon war er überzeugt.

»Er trug Schuhe. Neue Schuhe.«

»Fabelhaft«, sagte Manfred. »Wenn er barfuß gewesen wäre, wüßten wir mit hundertprozentiger Sicherheit, daß er aus einer Irrenanstalt ausgebrochen ist.«

Leon ließ sich von dem Sarkasmus nicht stören.

»Im Friedhof gibt es nur Wege, die dick mit Kies bestreut sind.«

Jetzt schwieg Manfred. Minuten verstrichen. In der Küche war es totenstill. Leon Gonsalez drehte sich um und ging auf die Tür zu, die auf den Flur hinausführte.

Manfreds Blicke folgten ihm. »Ein Spaziergang tut dir bestimmt gut«, sagte er.

Leon Gonsalez nahm seinen Mantel vom Haken und legte ihn sich über den Arm. »Ich habe mir die Schuhsohlen angesehen; keine Eindrücke vom Kies, George.«

»Und Flügel hatte er auch nicht, nehme ich an«, spöttelte Manfred. Da kam Leon noch einmal zurück. Er trug jetzt seinen Hut. »Glaubst du an Zufälle, George?« fragte er, bevor er zur Haustür ging.

»Ja. Sicher glaube ich an Zufälle. Ich glaube eher an Zufälle, als an deine Theorie von der Gesetzmäßigkeit . . .«

»Dann bin ich aber gespannt, ob dort draußen irgendwo der zweite Zufall auf mich wartet«, unterbrach Leon Gonsalez seinen Partner, drehte sich um und verließ das Haus.

Poiccart kam sofort aus der Küche und ging zum Fenster. Er blickte Leon nach, bis dieser so weit entfernt war, daß er ihn von den anderen Passanten nicht mehr unterscheiden konnte. »Hoffentlich passiert ihm nichts«, sagte Poiccart besorgt. Manfred blickte nicht mehr auf.

Ein Kronleuchter erhellte den großen Wohnraum, der mit Möbelstücken, Bildern, Gobelins und anderem Kram derart überladen war, daß nicht einmal mehr eine Stehlampe Platz gefunden hätte.

Der Schein des Kronleuchters beleuchtete Norman, der mit starrem Blick neben der Frau auf einem samtblauen chinesischen Teppich stand, dem riesigen Sessel zugewandt, in dem ein spindeldürrer Mann saß. Dieser Mann war Gordon, Normans älterer Bruder. Gordon atmete, und das war das einzige Geräusch im Haus. Das Atmen bereitete ihm Mühe. Seit seiner Kindheit hatte er Beschwerden. Und er durfte sich nicht aufregen. Wenn er sich aufregte, wurde es schlimmer.

Die kleinen knochigen Hände Gordons ballten sich auf den dicken Polstern zu Fäusten. Die Knöchel schimmerten hell durch die Haut, und die Frau wußte, daß der Mann im Polsterstuhl sich nur mühsam beherrschen konnte.

»Wer war der Mann, Linda?« fragte er, und seine Stimme war fast nur ein mühsam hervorgestoßenes Keuchen.

»Wir dachten, er ist von Scotland Yard«, erwiderte die Frau, und kein Muskel rührte sich in ihrem blassen Gesicht.

Der Mann im Polsterstuhl holte rasselnd Luft.

»Ich will nicht wissen, was du dir gedacht hast, Linda«, schnaufte er. »Ich will wissen, wer der Mann war.«

»Er trug nichts bei sich. Keine Brieftasche. Keine Papiere. Nur einen Geldbeutel mit ein paar Shilling drin.« Sie zeigte auf den kleinen ledernen Beutel, den sie zuvor auf ein spanisches Rauchtischchen gelegt hatte.

Gordon schwieg. Da seine Augen hinter schwarzen Gläsern verborgen waren, konnten weder die Frau noch der Riese neben ihr erkennen, wohin er blickte.

»Der Mann hatte sich in einer Häusernische versteckt«, sagte die Frau. »Es war offensichtlich, daß er den Vauxhall überwachte. Und da er uns gesehen haben muß und möglicherweise unser Nummernschild notiert hat, beschloß ich, ihn daran zu hindern, Schaden anzurichten.«

»Und da hat ihn Norman umgebracht?«

»Ja.« Die Mundwinkel der Frau zuckten. »Es ist ganz schnell gegangen.«

»Leise?« fragte der Mann im Polsterstuhl, und jetzt richtete er sich etwas auf.

»Leise«, bestätigte die Frau. »Und schnell.«

»Und was ist es dann, was du mir verschweigst, Linda?«

Die Frau duckte sich unter den Worten wie unter Schlägen. Er hatte sie durchschaut. Er wußte, daß etwas nicht stimmte. Irgendwie gelang es ihm immer, in ihr Inneres zu sehen.

»Das Gebetbuch«, sagte die Frau.

Der Riese neben ihr zog den Kopf ein. Er fürchtete den Mann im Polsterstuhl, obwohl er sein Bruder war. Er fürchtete ihn mehr, als er den Teufel fürchtete. Und niemand konnte ihn schützen. Jetzt nicht mehr.

»Es muß Norman aus der Tasche gefallen sein«, sagte die Frau. »Wahrscheinlich, als er den Toten zum Leichenschauhaus trug. Oder schon vorher, als wir quer über den Friedhof liefen, um rechtzeitig am Hinterausgang zu sein. Wir hatten eine Ecke weiter die Mauer überstiegen und mußten uns beeilen, und da kann es passiert sein, ohne daß er etwas gemerkt hat.«

Die Fäuste des Mannes im Polsterstuhl lösten sich. Krallenartige Finger gruben sich tief in das Leder. Er streckte den Hals wie ein Raubvogel, und seine schmalen Lippen wurden fast weiß.

»Was ist es, was du mir sagen willst?« keuchte er mühsam.

Die Frau kniff die Augen etwas zusammen. »Sein Name steht im Gebetbuch und der Name der Nonne, die es ihm geschenkt hat«, sagte sie leise. Sie wußte, daß er nahe an einem Anfall war, und es brauchte nicht mehr viel, um ihn auszulösen.

»Du meinst, daß Scotland Yard schon unterwegs ist hierher?« fragte er, und seine Schläfenadern schwollen dick an.

»Es ist möglich, daß man das Gebetbuch noch nicht gefunden hat«, sagte die Frau. »Es kann auch sein, daß jemand anderer es gefunden hat, der Aufseher oder der Gärtner. Man wird das Gebetbuch nicht unbedingt mit dem Toten in Zusammenhang bringen.«

Der Mann im Polsterstuhl streckte die knochige Hand

aus. »Komm her, Norman«, befahl er mit krächzender Stimme.

Norman duckte sich. Blanke Angst kroch in seine Augen. Er schüttelte den Kopf und wollte etwas sagen, aber die Stimme versagte ihm ihren Dienst.

»Fürchte dich nicht, Norman«, sagte die Frau. »Er wird dir nichts tun.«

Der Mann im Polsterstuhl beugte sich etwas vor. »Komm her, Norman«, sagte er ein zweites Mal.

Da ging der Riese zögernd auf ihn zu, und der Mann im Polsterstuhl nahm ihn bei der Hand. »Norman«, sagte er eindringlich. »Du wirst zusehen, daß du das Gebetbuch wiederkriegst, nicht wahr?«

Norman schluckte. »Ja«, sagte er.

»Gut, Norman. Ausgezeichnet.« Gordon lehnte sich zurück. Auf seinem Gesicht glitzerte jetzt Schweiß. Er war erschöpft, aber es war ihm gelungen, sich zu beherrschen. »Wer immer auch das Gebetbuch gefunden hat, er kann uns gefährlich werden«, sagte er, und seine Stimme hatte jetzt keine Kraft mehr. »Unsere schönen Pläne fallen alle ins Wasser, wenn wir es mit Scotland Yard zu tun kriegen.«

»Hab keine Sorge«, sagte Linda kalt. »Ich bringe das schon in Ordnung.«

»Schnell und diskret, wenn ich bitten darf.«

»Wahrscheinlich noch heute«, versprach sie, und Norman wich langsam vom Polsterstuhl zurück, als dem mageren Mann die Lider über die Augen fielen. Er sah jetzt aus wie tot, und Norman blickte die Frau hilfesuchend an. Sie gab ihm ein Zeichen, und zusammen verließen sie leise den Raum. Im Vorbeigehen nahm Norman den Geldbeutel an sich.

Draußen im Flur befahl ihm die Frau, sein Zimmer aufzusuchen und zu schlafen, bis sie ihn aufweckte. »Wir werden gegen Abend zum Friedhof gehen, Norman«, sagte sie. »Du willst doch dein Gebetbuch wiederhaben, nicht wahr?«

Norman nickte eifrig. Ja, er wollte das Gebetbuch zurückhaben, das ihm vor langer Zeit, als man versuchte, ihn in einer Anstaltsschule zu einem anständigen Menschen zu erziehen, Schwester Gabriele geschenkt hatte. Norman bewahrte Heiligenbildchen darin auf, und jeden Abend, wenn er nicht einschlafen konnte, nahm er das Gebetbuch zur Hand und blätterte darin herum, bis ihn die Müdigkeit überfiel.

»Und?« fragte Raymond Poiccart am Abend, als Leon nach Hause kam. »Was ist mit dem zweiten Zufall?«

Leon lächelte. Er wußte, daß Poiccart seine Theorie von der Gleichzeitigkeit und Häufung ähnlicher Vorfälle auch für ein Hirngespinst hielt, und Leon nahm ihm das nicht übel.

»Wo ist unser Schürzenjäger?« fragte er zurück, als er das Fehlen von George Manfred bemerkte.

»Er hat einen Fall in Bayswater«, gab Poiccart zurück, und so wie er »Fall« betonte, wußte Leon sofort, was Manfred in Bayswater verloren hatte.

Es war schon dunkel draußen, als Poiccart das Abendessen auftischte, Kastanien und Blaukraut, gekochten Schinken dazu, ein Gläschen Bordeaux und zum Dessert Süßigkeiten aus der dänischen Bäckerei drei Häuser weiter und Kaffee.

»Ein wunderschöner Herbsttag war es«, sagte Leon Gonsalez nach dem Essen und machte es sich sofort auf dem Sofa gemütlich. Poiccart räumte noch den Tisch ab. Er tat die meisten Hausarbeiten, und sie schienen ihm sogar Spaß zu machen. Ohne Poiccart hätte sich Leon diese Hausgemeinschaft gar nicht vorstellen können, denn Manfred war die meiste Zeit »geschäftlich« unterwegs, und er selbst hielt sich nicht für verwegen genug, sich an Pfannen und Töpfen zu versuchen.

»Wie steht es um den Fall Yenford?« fragte Poiccart, nachdem er den Tisch saubergemacht hatte, und setzte sich in einen Polsterstuhl vor dem Fenster.

Leon Gonsalez horchte auf. »Wie kommt es, daß du weißt, wer der Ermordete ist, Poiccart?« fragte er listig. »Ich kann mich nicht erinnern, daß du heute mittag dabei warst, als ich von dem Fall berichtete.«

»Das ist richtig, Leon«, gab Poiccart schmunzelnd zu. »Aber man hört so allerhand. Außerdem hat Inspektor Dearborn angerufen. Du weißt ja, wie geschwätzig er ist. Zwar versucht er, in Rätseln zu reden, aber wenn man aufpaßt, kommt man zu ermutigenden Ergebnissen.«

»Ah?« sagte Leon aufhorchend. »Und zu welchen Ergebnissen bist du gekommen, Raymond?«

»Hm, nach dem, was mir Dearborn erzählt hat, und psychologisch betrachtet kann es nur einer der Totengräber gewesen sein.«

Leon Gonsalez hob die Brauen. »Hochinteressante Vermutung«, sagte er, und der sarkastische Unterton in seiner Stimme konnte von Poiccart nicht überhört werden. »Darf ich vielleicht fragen, wie du zu diesem Ergebnis gekommen bist?«

»Ganz einfach. Die einzigen, die zur Hinterpforte des Friedhofes einen Schlüssel haben, sind der Totengräber und sein Gehilfe. Der Mord muß nach deinen Angaben, die ich selbstverständlich dem guten Dearborn nicht verraten habe, außerhalb des Friedhofes verübt worden sein. So kommt also letzten Endes niemand sonst in Frage, nur einer der beiden Totengräber.«

»Bist du sicher?«

»Absolut. Jemand muß doch die Leiche von draußen in

den Friedhof getragen haben, und zwar nicht durch die Mauer, sondern durch die Hinterpforte.«

Leon Gonsalez hob die Brauen. »Hm«, machte er. »Was wollte Dearborn?«

»Er wollte dich sprechen.«

»Und?«

»Ich habe ihm gesagt, daß du nach dem zweiten Zufall suchst. Und da hat er gesagt, daß es dir nicht gelungen sei, ihn an der Nase herumzuführen.«

»So. Und was meint er damit?«

»Keine Ahnung. Du sollst zurückrufen.«

Leon erhob sich seufzend, ging zum Telefon und nahm den Hörer von der Gabel. Er wählte die Nummer von Scotland Yard, aber dort richtete man ihm aus, daß Inspektor Dearborn nach Hause gegangen sei. Im Haus des Inspektors kriegte Leon offenbar ein Kleinkind an die Strippe, das nur »blabla-dududa« sagen konnte, und dann hörte er eine Frauenstimme schimpfen, und schließlich fragte Dearborns Gattin, was denn nun schon wieder los sei.

»Madame, Ihr verehrtester Herr Gemahl ließ ausrichten, ich solle mich umgehend mit ihm in Verbindung setzen.«

»Mein Mann treibt sich rum«, sagte die Frau und knallte den Hörer auf die Gabel. Leon rieb sich mit dem Zeigefinger das Ohr aus, legte behutsam auf und entschied sich, den Rest des Abends in Signore Montegazzas Buch zu lesen und sich von der Anwesenheit Poiccarts nicht stören zu lassen.

Aaron Bean fand das Gebetbuch auf dem Weg nach Hause. Er hatte sich einen kleinen Karton, der einmal Tomaten enthalten hatte, unter den Arm geklemmt. Der Karton beherbergte die kümmerlichen Gebeinsreste des Ehepaares Rutgers, dessen Grab er heute ausgehoben hatte, um für die nächsten Platz zu machen. Platz war *das* Problem auf dem Brompton-Friedhof, obwohl er zu den größten Londons gehörte. Es schien, als ob es die Leute darauf abgesehen hätten, noch vor dem Winter unter den Boden zu kommen.

Aaron Bean ging den Kiesweg entlang, der zwischen den Grabreihen hindurch zur Hinterpforte des Friedhofes führte. Die Gebeinsreste wollte er in seinem eigenen Herd kremieren, da die Friedhofsverwaltung kein Interesse bekundete, noch irgend etwas für das Ehepaar zu tun.

Wie immer auf dem Weg nach Hause, sorgte Aaron Bean dafür, daß keine verwelkten Blumen auf den Gräbern, an denen er vorbeiging, zurückblieben. So war es eigentlich kein Zufall, daß er das Gebetbuch entdeckte, zwischen Tannenreisig, mit dem das Grab eines gewissen Jennes Owens zum Überwintern abgedeckt war.

Nun dachte Aaron Bean zunächst, daß Owens' Witwe, die ab und zu zum Grab kam, das Gebetbuch verloren hätte, aber noch nie in all den Jahren hatte er Owens' Witwe am Grab beten sehen, wenigstens nicht aus einem Buch.

Daheim, im Licht einer Kerosinlaterne, die er auf dem Müll gefunden hatte, machte er erst Feuer im Herd, setzte Kaffee auf und roch an einer Schüssel mit Essensresten, die ihm Mrs. Postgate vor die Tür gestellt hatte. Es roch nach allerlei Gemüse, und Aaron Bean schüttete den breiigen Inhalt in eine kleine Pfanne. Dann erst setzte er sich ins Licht und schlug das Gebetbuch auf. Die Tintenschrift im Innendeckel fiel ihm sofort auf. Dort stand in ekkigen Buchstaben FÜR NORMAN VON SCHWESTER GABRIELE und etwas weiter unten MÖGE DEIN SCHUTZENGEL IMMER BEI DIR SEIN.

Ein feiner Wunsch war das. Bean erinnerte sich, daß er schon oft einen Schutzengel gehabt haben mußte, manchmal einen von der Größe eines Zeppelins.

Er klappte das Buch zu, rührte mit einer Kelle im Topf herum und tat schließlich die kleine Pappschachtel ins Feuer. Während des Essens ließen ihn die Gedanken an das Gebetbuch nicht zur Ruhe kommen, und so entschloß er sich, seine kleine Mansardenwohnung noch einmal zu verlassen. Mrs. Postgate hörte ihn natürlich, fing ihn im Erdgeschoß am Fuße der Treppe ab und fragte ihn, wie ihm denn das Abendessen geschmeckt hätte.

»Nur Könige speisen besser«, lobte Bean und wollte an Mrs. Postgate vorbei zur Haustür, aber so einfach sollte ihm das nicht gelingen. Mrs. Postgate hielt ihn am Ärmel auf und fragte ihn rundheraus, was er nach Einbruch der Dunkelheit draußen noch zu suchen hätte.

»Ein Abendspaziergang wird mir nach diesem feinen Essen guttun«, log er.

Bean wußte natürlich, daß er diesem neugierigen Wesen nichts vormachen konnte, aber das kümmerte ihn überhaupt nicht. Hauptsache war, daß er an ihr vorbeikam. Sie folgte ihm zur Tür.

»Seien Sie vorsichtig, Bean«, rief sie ihm nach. »Die Miete ist noch nicht bezahlt.« Wie hätte die gute Frau ahnen können, daß sie nicht mehr dazu kommen würde, die Miete zu kassieren?

»Inspektor Roos«, meldete sich Peter Roos, obwohl er eigentlich ein Kriminalunterkommissar war. Nur wenn Philander Dearborn abwesend war, erlaubte er sich diese Hochstapelei, aber ganz wohl war ihm dabei nie in seiner Haut.

»Roos? Äh, ich dachte . . . äh, ist das hier nicht Scotland Yard?«

»Ganz recht, mein Herr«, sagte Peter Roos. »Das hier ist Scotland Yard. Man hat Sie mit der Mordkommission verbunden. Roos ist mein Name. Inspektor Roos.«

»Äh, ich dachte, ich krieg diesen ... äh, Dearborn, so heißt er. Und verschnupft ist er. Den wollte ich.«

»Snake-Eye?« Peter Roos lehnte sich in seinem unbequemen Drehstuhl zurück. Wenn er einmal Inspektor sein würde, hatte dieser Stuhl in seinem Office nichts mehr verloren, das stand schon jetzt fest. »Inspektor Dearborn ist nicht im Dienst, Sir. Was kann ich für Sie tun?«

»Es geht um den Ermordeten vom Brompton-Friedhof«, sagte der Anrufer.

Peter Roos war sofort hellwach, griff nach dem Bleistift und machte den Notizblock auf. »Name, bitte?« fragte er.

»Bean.«

»Vorname?«

»Aaron.«

»Oh, Sie sind das. Bean, der Totengräber?« Roos legte den Bleistift weg. »Was kann ich für Sie tun, Bean?«

»Well, eigentlich, Sir, wollte ich dem Inspektor Dearborn eine Mitteilung machen.« Bean hatte seine Mühe mit dem Telefon. Er hatte in seinem Leben insgesamt vielleicht dreimal telefoniert.

»Na, dann schießen Sie los. Ich bin Dearborns Stellvertreter.«

»Ich habe ein Gebetbuch gefunden«, sagte Bean zögernd.

Peter Roos gähnte. »Sonst noch etwas, Bean?«

»Well, vielleicht wäre es wichtig, wenn Inspektor Dearborn Bescheid wüßte.«

»Natürlich, Bean. Ich werde ihn benachrichtigen. Haben Sie einen vergnüglichen Abend.«

»Ja ... äh ... vielen Dank. Ich wollte nicht ...«

Peter Roos hängte auf, machte eine Notiz, daß der Totengräber angerufen hatte, und ging dann in die Kantine. Er hatte noch nichts gegessen an diesem Abend.

Aaron Bean suchte im Telefonbuch, bis er die Nummer der Detektei »Das Silberne Dreieck« fand. Er wählte vorsichtig, nahm den Hörer zum Ohr und ließ es fünfmal läuten. Dann nahm jemand den Hörer ab, aber es war nicht der nette Mensch, der am Morgen zur Beerdigung von Hugh Wilkins gekommen war.

Nach der Enttäuschung, die Bean mit Peter Roos erlebt hatte, wollte er eigentlich sofort wieder aufhängen, aber die Stimme am anderen Ende des Drahtes weckte neues Vertrauen.

»Bean«, sagte er deshalb. »Totengräber von Beruf.«

Stille. Bean konnte nur noch ein leises kratzendes Geräusch hören. »Hallo!« rief er. »Hallo, ist dort noch jemand?«

»Natürlich, Mister Bean«, sagte die Stimme beinahe fröhlich. »Sie wollen bestimmt mit meinem Partner, Leon Gonsalez, reden. Bitte, gedulden Sie sich einen Moment.«

Gonsalez, so hatte der freundliche Mann von der Beerdigung geheißen, der ihm nahegelegt hatte, sich zu melden, falls ihm doch noch etwas Ungewöhnliches einfallen würde, das eventuell mit dem Ermordeten zu tun haben könnte.

»Hallo, Bean, sind Sie das?«

»Jawohl, Sir.«

»Na, mein Partner Poiccart verliert seine Wette, wenn Sie jetzt nicht ein Geständnis ablegen, Bean. Er hält Sie für den Mörder.«

Bean schmunzelte. »Sir, erlauben Sie mir zu sagen, daß dies eine ziemlich äh ... törichte Annahme ist«, sagte er und wählte jedes Wort mit Bedacht.

»Kein Geständnis also, Mister Bean?«

»Tut mir leid, daß ich Ihren Partner enttäuschen muß«, lächelte Bean. »Der Grund meines Anrufes ist ein anderer. Ich habe schon versucht, mit Inspektor äh ... Dearborn in

Verbindung zu treten, aber er ist außer Dienst, und sein Stellvertreter scheint anderweitig interessiert zu sein.«

»Scotland Yard, dein Ruf ist zu Recht im Eimer«, sagte Leon Gonsalez klagend. »Was gibt es denn, Bean?«

»Ich habe ein Gebetbuch gefunden.«

»So?«

»Ein altes Gebetbuch. Es lag im Tannenreisig eines Grabes am Kiesweg zwischen der Hinterpforte und dem Leichenschauhaus.«

»Und Sie nehmen an, daß dieses Gebetbuch etwas mit unserem Fall zu tun haben könnte, Bean?«

»Sir, das weiß ich nicht. Ich weiß nur, daß das Gebetbuch am Tag zuvor noch nicht dort lag, und daß es jemand verloren haben könnte, der Norman heißt.«

»Und wie kommen Sie darauf?«

»Es stehen zwei Namen drin. Eine äh . . . Widmung. ›Für Norman von Schwester Grabiele.‹ Und darunter ein Wunsch. Ich weiß nicht, wer das Gebetbuch verloren haben könnte, Sir. Leute, die Gräber besuchen, verlieren normalerweise Schlüssel, Brillen und anderen Kram, niemals aber ein Gebetbuch.«

Für eine Weile blieb es am anderen Ende der Leitung still. Dann fragte Leon Gonsalez, wo sich Bean im Moment befindet.

»In der Telefonkabine«, sagte Aaron Bean.

»Das dachte ich mir, Bean«, lachte Gonsalez. »Wo? In welcher Kabine?«

»Finborough Road, Ecke Redcliffe Square, neben der Kirche dort.«

»Können Sie raussehen, Bean?« Gonsalez' Stimme klang plötzlich irgendwie drängend.

Voller Sorge.

»Ja«, gab Aaron Bean zurück.

»Was sehen Sie?«

»Nicht viel. Der Nebel kriecht durch den Park. Drüben auf der anderen Straßenseite steht ein Auto geparkt. Ein Austin.«

»Und sonst? Menschen?«

»Nein. Niemand.«

»Gut, Bean.« Leon Gonsalez atmete erleichtert auf. »Gehen Sie jetzt sofort nach Hause und verlassen Sie Ihre Wohnung nicht mehr, bis ich bei Ihnen bin.«

»Warum, Sir? Ist es denn so wichtig, dieses Gebetbuch?«

»Das kann ich Ihnen im Moment nicht sagen, Bean. Aber falls das Gebetbuch wichtig sein sollte, dann sind Sie möglicherweise in Gefahr.«

»Das verstehe ich nicht«, gab Bean unumwunden zu, aber Leon Gonsalez wollte ihm nicht mehr verraten. »Gehen Sie sofort nach Hause, Bean. Ich rechne, daß ich in knapp zwanzig Minuten bei Ihnen bin.«

4. Kapitel
Gonsalez tappt im Dunkeln

Die Frau trug einen Hutschleier, und das erweckte natürlich bei Mrs. Postgate sofort Mißtrauen. Außerdem hatte die Frau eine messerscharfe Stimme, und sie trug Schwarz. Mrs. Postgate fröstelte, und am liebsten wäre sie in ihre kleine warme Wohnung gerannt und hätte die Tür hinter sich verriegelt.

»Ich habe eine Verabredung mit Mister Aaron Bean«, sagte die Frau. »Ist er hier?«

Mrs. Postgate schüttelte den Kopf. »Sonst ist er um diese Zeit immer hier. Aber ausgerechnet heute ging er nach dem Abendessen noch einmal außer Haus.« Und Mrs. Postgate nahm ihren ganzen Mut zusammen und fragte die Frau, was sie denn überhaupt von Bean wollte.

»Das ist eine Privatangelegenheit«, sagte die Frau. »Wissen Sie zufällig, wohin er gehen wollte? Eine Verabredung vielleicht? Ein Lokal, in dem er sich vergnügen könnte?«

»Der, der könnte sich nicht einmal bei einem Saufgelage vergnügen«, entfuhr es Mrs. Postgate. »Nein, der hat was anderes vor, und wenn Sie mich fragen, dann ging er rüber zu seinen Toten, mit denen hat er ein blendendes Verhältnis.«

»Sie meinen die Beerdigten im Friedhof?« fragte die Frau.

»Ja. Heute, da hat was nicht gestimmt. Ich habe das sofort gemerkt, als er nach Hause kam. Ganz betrübt war er. In sich versunken, wenn Sie verstehen, was ich meine. Der brütet etwas aus, habe ich mir gedacht, als ich ihn sah. Und dann später, da kam er die Treppe herunter, und er sagte, daß er einen Abendspaziergang machen wolle. So ein Quatsch. Der hat während der letzten zwanzig Jahre noch nie einen Abendspaziergang gemacht.«

»Wann verließ er denn das Haus?«

»Zehn Minuten werden es her sein. Vielleicht eine Viertelstunde.«

Die Frau bedankte sich für die Auskünfte und wollte zur Tür gehen. Aber dann schien ihr etwas einzufallen, und sie drehte sich noch einmal um. »Wäre es vielleicht möglich, daß ich einen kurzen Blick in seine Wohnung werfe, Ma'am?« fragte die Frau, und seltsamerweise klang jetzt ihre Stimme beinahe freundlich. Außerdem öffnete sie ihre Tasche und brachte einen Geldschein zum Vorschein. »Ich verspreche Ihnen, daß ich mich nicht länger als fünf Minuten in der Wohnung aufhalten werde.«

»Wonach suchen Sie?« fragte Mrs. Postgate und griff nach dem Schein. »Schuldet er Ihnen was, der alte Rabe?«

»Ein Gebetbuch«, sagte die Frau und ging an Mrs. Postgate vorbei die hölzerne Treppe hinauf. Mrs. Postgate zog es vor, sich in ihre Wohnung zurückzuziehen. Sie machte das Licht aus und ging zum Fenster. Durch eine Vorhangspalte blickte sie auf die Straße hinaus. Es war neblig draußen, und keine Menschenseele war zu sehen. Falls Bean zurückkam, konnte sie die Frau noch rechtzeitig warnen, dachte Mrs. Postgate zufrieden.

Mrs. Postgate war nicht mehr dazu gekommen, jemanden zu warnen. Sie lag beim Fenster auf dem Ziegenhaarteppich, den sie vor Jahren als Souvenir aus dem schottischen Hochland mit nach Hause gebracht hatte.

Als endlich Dearborn am Tatort eintraf, waren die Beamten von der Spurensicherung längst mit ihrer Arbeit fertig und der Leichnam von Mrs. Postgate mit einem Laken zugedeckt.

Dearborn entdeckte Leon Gonsalez sofort, der in einem Korbsessel saß und ein Bein über das andere geschlagen hatte. Seine kleinen Schlangenaugen glitzerten tückisch, als er auf Leon zuging und sich vor ihm aufbaute.

»Daß Sie sich in diese Sache einmischen, wußte ich von allem Anfang an, Gonsalez. So leicht lasse ich mich nicht in die Irre führen.«

»Gut für Sie, Inspektor«, sagte Leon ernst. Er zeigte auf die Frau. »Zwei unaufgeklärte Morde stehen Scotland Yard zu Buche. Ich glaube, daß Sie in nächster Zeit über Arbeit nicht zu klagen haben werden.«

Dearborn wischte sich einen Tropfen von der Nase und sah sich nach Peter Roos um, der von draußen hereinkam und meldete, daß von Aaron Bean, dem Totengräber, noch immer nicht die geringste Spur gefunden worden war. »Es ist, als wäre er vom Erdboden verschwunden, Sir«, sagte er zu Leon Gonsalez gewandt und ohne seinen Vorgesetzten zu beachten.

»Könnte es sein, daß er sich irgendwo versteckt hat?« fragte Dearborn.

»Wovor sollte er sich fürchten, jetzt, wo Scotland Yard da ist?« sagte Gonsalez und erhob sich. »Bean hat versucht, Sie zu erreichen, Dearborn. Leider ohne Erfolg. Dann hat er mich angerufen, und ich bin umgehend hierher gefahren.«

»Hat er wenigstens Ihnen gesagt, was es mit dem Gebetbuch auf sich hat?« sagte Dearborn hoffnungsvoll »Mein Stellvertreter hat es leider versäumt, ihn danach zu fragen, weil er die Sache nicht für wichtig genug hielt.«

Leon lächelte und legte dem Inspektor kameradschaftlich die Hand auf die Schulter.

»Gehen Sie nicht zu hart mit ihm ins Gericht, Verehrtester«, sagte er und sah zu, daß ihm der Inspektor nicht ins Gesicht schnaufte. »Das Gebetbuch ist nur ein winziges

Teilchen in diesem Puzzle, und bis jetzt weiß ich selbst noch nicht, wo es reinpaßt.«

»Vielleicht könnte ich Ihnen helfen, Gonsalez«, sagte Dearborn schnell. »Sagen Sie mir, was Bean Ihnen am Telefon verraten hat, und ich verspreche Ihnen, daß ich nicht ruhen werde, bis wir den Fall gemeinsam gelöst haben. Schließlich war ich mit Yenford bekannt.«

Leon ging zur Tür. »Ich weiß Ihre ehrliche Absicht zu schätzen, Dearborn, aber ich zweifle daran, daß Sie mir im Moment behilflich sein könnten. Dazu sehe ich selbst noch nicht klar genug. An Ihrer Stelle würde ich damit anfangen, eine Vermißtenanzeige aufzugeben. Ich nehme an, daß Bean verschleppt worden ist.«

»Von wem?«

»Von denen, die Mrs. Postgate umgebracht haben. Und das sind vermutlich auch die Täter, denen Robert Yenford zum Opfer gefallen ist.«

Inspektor Dearborn kniff die Augen zusammen, so wie er es immer tat, wenn der Grimm ihn packte. »Gonsalez, ich will Sie ermahnen, daß Sie als pflichtbewußter Staatsbürger dazu angehalten sind, Scotland Yard jegliche Informationen zukommen zu lassen, die zur Aufklärung eines Falles nützlich sind.«

Leon Gonsalez deutete eine kleine Verbeugung an. »Sobald ich etwas weiß, wichtig oder unwichtig, melde ich mich«, versprach er, drehte sich auf dem Absatz um und ging hinaus.

An der Tür stand ein Konstabler in Uniform, und der wünschte ihm eine gute Heimfahrt.

Leon Gonsalez hatte aber noch nicht die Absicht, in die Curzon Street zurückzukehren und mit dem Bericht über eine zweite Leiche seine Theorie zu erhärten. Er fuhr die Kensington High Street hoch und vorbei am dunklen Holland Park zu einer kleinen abgelegenen Klosterschule, die er als Junge selbst für zwei Jahre besucht hatte. Soweit er bei Nacht und Nebel feststellen konnte, hatte sich nicht viel verändert. Nur die kahlen Bäume der Allee, die zum Hauptgebäude hochführte, schienen größer.

Leon Gonsalez hatte vermutet, daß Dearborns Leute das Gebetbuch finden würden. Gegen Mittag des nächsten Tages läutete im kleinen Haus an der Curzon Street das Telefon, und da Poiccart zum Einkaufen gegangen war, nahm George Manfred den Hörer ab.

Es war Inspektor Dearborn persönlich, und er war nahe daran, in ein Triumphgebrüll auszubrechen, als ihm Manfred sagte, daß Leon Gonsalez weiterhin im Dunkeln tappte.

»Das habe ich mir schon gedacht«, sagte Dearborn, und seiner Stimme nach ging es ihm an diesem Morgen wesentlich besser. »Zu eilig hatte er es, mir zuvorzukommen, Manfred. Manchmal lohnt es sich, Geduld zu üben.«

»Dann darf ich Ihnen zur Aufklärung des Falles gratulieren, mein lieber Inspektor?« fragte Manfred und zwinkerte Leon Gonsalez mit einem Auge zu, da dieser gerade im Morgenmantel aus seinem Schlafzimmer kam und sich gähnend streckte.

»Dies wäre noch etwas verfrüht«, gab Dearborn zu. »Aber nichtsdestotrotz ist mir ein bedeutendes Indiz in die Hände gefallen.« Dearborn hüstelte. »Ist vielleicht Gonsalez zugegen?«

»Eben aus seinen wunderbarsten Träumen aufgewacht, Inspektor. Moment, ich verbinde.«

Manfred grinste und machte ein paar Knackgeräusche mit dem Mund, bevor er Leon den Hörer hinstreckte.

»Gonsalez? Überraschung! Wir sind einen großen Schritt weitergekommen und Ihnen wahrscheinlich um eine Nasenlänge voraus!«

»Schön für Sie, Verehrtester, aber auf Ihre Nase ist, so fürchte ich, nicht sehr großer Verlaß.«

»Da irren Sie sich, Gonsalez. Wir haben das Gebetbuch gefunden.«

»Na, na, tüchtig, kann man da nur sagen.«

Dearborn knurrte, daß sich Gonsalez seinen Sarkasmus sparen könne. »Ich rufe Sie an, weil mich die Spur in die Kensington-Klosterschule geführt hat.«

»Ah. Und dort hat man Ihnen gesagt, daß man die Jahrbücher durchsehen würde und die Registrationspapiere. Und an Schwester Gabriele konnte sich niemand mehr so richtig erinnern, nicht wahr?«

»Stimmt!«

»Also?«

»Waren Sie etwa auch dort, Gonsalez?«

»Ich fürchte, Sie kamen etwas zu spät, Verehrtester.«

Für fast eine halbe Minute hörte Gonsalez nur, wie Dearborn flüsterte. Entweder fluchte er in sich hinein, oder er informierte seinen Stellvertreter, den Kriminaluntercommissar.

»Hat man Ihnen vielleicht mit Auskünften dienen können, Gonsalez?«

»Nicht sehr«, sagte Gonsalez bedauernd.

»Was soll das heißen, nicht sehr? Sind Sie von der Klosterschule aus weitergekommen oder nicht?«

»Ich bin in den frühen Morgenstunden nach Hause gekommen und habe mich umgehend aufs Ohr gelegt, Dearborn.«

»Und das ist alles?«

»Absolut. Heute nachmittag werde ich eine Spazierfahrt machen. Es soll sehr schön sein, draußen in den Vororten. Herbstliche Farbenpracht überall, Gold auf den Feldern und eine Luft, die es wert wäre, auf Flaschen gezogen zu werden wie erlesener Wein.«

Dearborn flüsterte wieder. Dann sagte er laut: »Mit Oberst Yenford wollen Sie sich nicht in Verbindung setzen?«

Gonsalez lächelte. »Vorläufig hatte ich nicht die Absicht«, sagte er.

»Sie glauben, daß er nichts zur Aufklärung dieses Falles beitragen kann?«

»Wahrscheinlich nicht«, sagte Leon und gähnte noch einmal hinter vorgehaltener Hand.

»Wir haben auch das Auto sichergestellt, Gonsalez.«

»Das Auto. Welches Auto?«

»Der kleine Austin von Robert Yenford, den er am Redcliffe Square geparkt hat, in der Nacht, als er ermordet wurde.«

»Herzlichen Glückwunsch«, sagte Leon, und Dearborn murmelte »danke« und legte auf.

Manfred, der die Morgenzeitung durchblätterte, hob den Kopf.

»In der Zeitung steht, daß sich das Silberne Dreieck wieder einmal um einen Fall bemüht, mit dem Scotland Yard nicht vorankommt. Kein Wunder, daß Snake-Eye da nicht gut auf uns zu sprechen ist.«

»Er hat keine Ahnung, daß ich tatsächlich auch im Dunkeln tappe, George«, sagte Leon und ging zum Fenster. Er sah Poiccart die Straße hochkommen; vor dem Zeitungsstand fiel ihn ein kleiner struppiger Schnauzer an, erwischte ihn am Hosenbein, und Poiccart nahm eine Gurke aus der Einkaufstasche und schlug sie dem kläffenden Köter derartig kräftig über den Kopf, daß sie in Stücke zerfiel. Der Schnauzer verzog sich winselnd hinter die gestiefelten Beine einer altmodisch gekleideten Dame, die Poiccart mit ihrem Stock in die Flucht jagte.

»George, könntest du mir heute nachmittag eine kleine Arbeit abnehmen?« fragte Leon, während er zusah, wie

Poiccart zur Haustür eilte und kurz zum Fenster hochblickte, bevor er im toten Winkel verschwand.

»Ein Besuch bei Oberst Yenford?« fragte Manfred, der manchmal seine Partner so ganz nebenbei mit seinem erstklassigen Kombiniertalent überraschte. Obwohl er nur selten Fragen stellte, schien er immer auf dem laufenden zu sein, und oft wußte er mehr, als er sich anmerken ließ.

Leon drehte sich vom Fenster weg. »Auf Gurkensalat werden wir heute mittag verzichten müssen«, sagte er und ging in seinem dicken, dunkelgrünen Morgenmantel auf sein Zimmer.

5. Kapitel
Der zweite Zufall

Die zweite Zufallskette war fällig. Eigentlich dachte Leon Gonsalez im Moment nicht über seine Theorie nach, aber er wurde nachdrücklich erinnert.

Am Nachmittag holte er den Wagen von der Reparaturwerkstätte ab, wo man den Vergaser eingestellt hatte. Der Wagen war ein bequemer Sunbeam, Luxusausführung, für Leons Geschmack mit etwas zuviel Chrom. Es war das einzige Auto, das die drei Partner besaßen, aber Manfred sprach ab und zu davon, demnächst eines dieser schnittigen Sportcoupés von MG zu kaufen, falls einige der Klienten ihre offenstehenden Rechnungen endlich bezahlen würden. Manfred hatte oft kostspielige Träume.

Leon fuhr an diesem schönen Herbstnachmittag an den Kensington-Gärten entlang, und dabei fiel ihm Hugh Wilkins ein, der ein verschworener Pflanzenfreund gewesen war. Beim Kensington-Palast kaufte Leon eine Tüte Erdnüßchen. Er fütterte einige Tauben, warf Kindern einen Ball zu und fuhr schließlich in Gedanken versunken weiter in Richtung Langley.

Er wußte nicht recht, was er in Langley sollte. Schwester Gabriele hatte die letzten Monate ihres Lebens in Langley verbracht. Bestattet war sie woanders. Das war alles, was Leon in der Kensington-Klosterschule erfahren hatte. Schwester Gabriele war eine seltsame Frau gewesen, die sich mit Leib und Seele dem Wohl von Waisenkindern verschrieben hatte. Mehr wußte man nicht von ihr. Und wer Norman war, das hatte sich so schnell nicht herausfinden lassen.

Die Straße nach Langley führte aus der Stadt über sanfte, leicht bewaldete Hügel hinweg, durch Felder, die längst abgeerntet waren. Der Wagen lief anständig, aber trotzdem hatte Leon das ungute Gefühl, als ob mit dem Motor noch immer etwas nicht in Ordnung wäre.

Es mochte etwa zwei Uhr am Nachmittag sein, als er in Langley ankam. Dieser kleine Vorort von London war für ein großes Sanatorium bekannt und für einige alte Villen, die früher vom städtischen Adel als Wochenendhäuser benutzt worden waren. Es gab nur ein einziges Wirtshaus in Langley, den »Golden Lion«, an der Straßenkreuzung in der Mitte der Ortschaft.

Leon hielt am Straßenrand an, schaltete den Motor aus und bewunderte den großen Fachwerkbau des Wirtshauses mit dem kunstvoll geschmiedeten Aushängeschild. Er hatte sich gerade entschlossen, im Schankraum ein Bier zu trinken, als er den großen Mann sah, der von der anderen Seite der Kreuzung her die Straße überquerte. Die Bewegungen des Mannes waren schwerfällig und eckig. Er hatte ein Gesicht, dessen Anblick Leon in Aufregung versetzte. In diesem Gesicht lag der Ausdruck eines kindlichen Gemütes, ein Ausdruck, der überhaupt nicht zur monströsen Gestalt des Mannes paßte. Wie ein Menschenaffe, dachte Leon Gonsalez und beeilte sich, auszusteigen.

Der Mann kam auf ihn zu, die Hände in den Hosentaschen. Er pfiff vor sich hin, schrill und laut, im Takt seiner Schritte, aber ohne daß sich aus den Tönen eine Melodie ergab. Als er den Sunbeam erreichte, blieb er stehen. Er betrachtete das Auto, beugte sich nieder, berührte mit seinen Fingern den Lack und guckte durch das Seitenfenster hinein. Der Kleidung nach mochte der Mann ein Feldarbeiter sein oder ein Stallknecht, aber zum Erstaunen von Leon trug er an der linken Hand zwei glitzernde Ringe. Auch im linken Ohr hatte er einen schmalen Goldring.

»Wie gefällt Ihnen mein Auto?« fragte Leon, und der Mann richtete sich sofort auf, so, als hätte Leon ihn erschreckt. Erst wollte er schnell weitergehen, dann zog er die Schultern hoch, steckte wieder beide Hände in die Taschen seiner ausgebeulten Hose und antwortete, daß ihm ein Sportwagen lieber wäre.

»Es ist ein bequemes Auto«, sagte Leon. »Nichts für junge Leute.« Er lächelte. »Ich bin fremd hier. Dachte, ich mach mal eine Spazierfahrt aus der Stadt raus.«

Der große Mann kniff die Augen etwas zusammen. Plötzlich wurde er mißtrauisch. Er wollte noch etwas sagen, aber dann drehte er sich um und hastete den Bürgersteig hinunter. Er verschwand in einem der Läden, wahrscheinlich in der Apotheke.

Leon wünschte, es wäre ihm gelungen, das Vertrauen dieses Mannes zu gewinnen. Ein ähnliches Gesicht war ihm noch nie begegnet. Dann ging er in das Wirtshaus. Schummriges Licht herrschte im Schankraum. Es waren nur wenige Leute darin. An einem Tisch wurde Bridge gespielt. Der Wirt schaute zu.

Als Leon sich bei einem der beiden Fenster an einen kleinen Tisch setzte, kam der Wirt herüber. »Ein wunderschöner Tag, nicht wahr?« sagte er leutselig. »Womit kann ich Ihnen dienen, mein Herr?«

Leon bestellte sich ein Glas Ale. Er dachte noch immer an den merkwürdigen Mann, dem er draußen begegnet war, als der Wirt zurückkam, ein volles Glas in der Hand. »Die letzten schönen Tage im Jahr«, sagte der Wirt. »Wohin des Weges, mein Herr?«

Leon sagte ihm, daß er eine Fahrt ins Blaue mache und eigentlich kein Ziel habe. »Hier draußen war ich noch nie«, gab er zu.

»Well, viel ist Ihnen nicht entgangen«, lachte der Wirt. »Wir sind eine kleine bescheidene Gemeinde, aber ich glaube nicht, daß die Leute hier lieber in der Stadt wohnen würden.«

»Was man ihnen nicht verdenken kann«, sagte Leon. »Die Fahrt hierher war prachtvoll, und Langley ist hübsch gelegen.«

»Früher trafen sich hier übers Wochenende die Reichsten der Reichen, mein Herr«, sagte der Wirt. »Jetzt ist das anders. Es ist ruhig geworden in Langley.«

»Ich hatte das Glück, vor Ihrem Wirtshaus eine interessante Bekanntschaft zu machen«, sagte Leon.

»Ich sah durchs Fenster, daß Sie sich kurz mit Norman unterhalten haben«, sagte der Wirt, und er beugte sich etwas vor. »Ein seltsamer Mensch, wenn man so sagen will. Nicht ganz dicht da oben.« Der Wirt tippte gegen seine Stirn. »Man sagt, daß er daheim in Ketten gehalten wird, wie ein gefährliches Raubtier. Ich halte ihn aber für einen harmlosen Schwachsinnigen.«

Leon Gonsalez saß am Tisch, als hätte ihm jemand hinterrücks ein Brett über den Kopf gehauen. NORMAN! In seinem Kopf wirbelten die Gedanken durcheinander. *Für Norman von Schwester Gabriele.* Das Gebetbuch. Aaron Bean. Leon Gonsalez hatte einen derart dämlichen Ausdruck in seinem Gesicht, daß ihn der Wirt fragte, ob alles in Ordnung sei oder ob er das Sanatorium anrufen sollte.

Leon wehrte ab, bezahlte sein Bier und gab sich Mühe, ruhig zu bleiben und sich nicht noch verdächtiger zu machen. Der Wirt, der wieder zu seinen anderen Gästen zurückkehrte, beobachtete ihn nämlich verstohlen, bis Leon das Glas leergetrunken hatte, sich den Schaum vom Schnurrbart wischte und sich erhob.

»Well, dann mache ich mich wieder auf den Heimweg«, sagte er so nebenbei, während er auf die Tür zuging. Der Wirt wünschte ihm eine gute Fahrt.

Wenn es Leon bisher auch schwergefallen war, seine ungläubigen Partner von seiner Theorie der Gleichzeitigkeit und Häufung ähnlicher Vorfälle zu überzeugen, so fielen ihm an diesem Tag mehrere Beweise gleichzeitig in die Hände.

Erstens stieß er völlig überraschend auf Norman. Zweitens sah er ihn gleich wieder, als er aus dem Wirtshaus kam, und drittens machte er wenig später noch eine Bekanntschaft, die es in sich hatte.

Norman stand auf der anderen Straßenseite und redete mit einer hageren, dunkel gekleideten Frau. Leon überquerte ohne zu zögern die Straße, und eigentlich wollte er nach dem Postamt fragen oder sonst nach irgend etwas, aber dazu kam er nicht mehr, weil in diesem Moment etwas geschah, das die Frau aus der Fassung brachte und Leon ein weiteres Rätsel aufgab:

Aus den Augenwinkeln sah Leon den grauen Rolls-Royce, der an der Kreuzung aus dem Schatten der Häuser auftauchte und langsam die Straße herunterfuhr. Der Mann am Steuer trug eine dunkle Sonnenbrille, aber keinen Hut. Instinktiv prägte sich Leon das schmale, sonnengebräunte Gesicht ein, und für einen Augenblick beachtete er die Frau und ihren Begleiter nicht. Erst als die Frau einen Ruf der Überraschung ausstieß, wurde Leon aufmerksam. Und er sah, wie sich die Augen der Frau geweitet hatten und wie sie nach dem Arm von Norman griff, als suchte sie Halt. »Ambrose«, entfuhr es ihr. »Hast du ihn gesehen? Das war Ambrose!«

»Ambrose«, stammelte Norman und blickte hinter dem Rolls-Royce her. Das magere Gesicht der Frau war kalkweiß geworden, und sie setzte sich in Bewegung, hatte es plötzlich eilig und zerrte Norman am Ärmel hinter sich her die Straße hinunter.

Leon blieb zurück. Er sah das Gesicht des Wirtes im Fenster des »Golden Lion«, in das die Sonne schien. Leon winkte hinüber, und das Gesicht verschwand.

Norman und die Frau waren unterdessen in die Nebengasse abgebogen. Leon überquerte die Straße, setzte sich hinter das Steuer des Sunbeam und betätigte den Anlasser. Der Motor sprang nicht an. Leon versuchte es noch einmal. Nichts. Er schimpfte auf den Mechaniker, stieg aus und öffnete die Motorhaube. Eines der Kerzenkabel steckte locker im Deckel des Zündverteilers, und Leon befestigte es. Als er es dann zum drittenmal versuchte, sprang der Wagen an, und Leon fuhr dem Rolls-Royce nach, der vor einem Tabakwarenladen angehalten hatte. Leon parkte den Sumbeam so, daß der Rolls-Royce zwischen ihm und einem grünen Lieferwagen eingeklemmt war, stieg aus und öffnete die Motorhaube. Er brauchte nicht lange zu warten, bis der Mann aus dem Laden kam, sofort stehenblieb und Leon beobachtete, während er eine Schachtel Zigaretten aufriß.

Leon richtete sich etwas auf. »Als Besitzer eines Autos müßte man Mechaniker sein«, sagte er so, als hätte er den großgewachsenen, schlanken Mann erst jetzt bemerkt. »Verstehen Sie etwas von Vergasern, mein Herr?«

Der Mann zündete die Zigarette an und kam herüber. Obwohl er keinen Anzug trug, war unschwer zu erkennen, daß er nicht zur ärmeren Bevölkerungsschicht gehörte. Aber ein reicher Lackaffe war er auch nicht. Er trug eine einfache Tweedhose und ein Sporthemd mit Außentaschen, dessen Ärmel er hochgerollt hatte.

»Ich habe in meinem Leben schon einige Arbeiten verrichtet«, sagte er lachend, »aber Mechaniker war ich noch nie.«

Leon verzog scherzhaft sein Gesicht. »Wer einen Rolls-Royce fährt, braucht sich wohl kaum die Finger schmutzig zu machen«, sagte er.

»Oh, der Wagen ist noch nicht lange in meinem Besitz. Ich bin andere Vehikel gefahren. Militärfahrzeuge, die fast auseinanderfielen. Motorräder. Und oft habe ich mir die Schuhe durchgelaufen, mein Herr.«

»Gonsalez«, sagte Leon in der Hoffnung, der Mann würde ihm seinen Namen nennen. Als dies nicht geschah, fragte er: »Ihrem Akzent nach stammen Sie nicht aus der Gegend, Sir?«

»Ich war eine Zeitlang in Südafrika«, sagte der Mann. »Soldat. Dann Diamantengräber. Schließlich hatte ich Glück.« Er beugte sich über den Vergaser und betätigte den kleinen Gashebel. »Versuchen Sie es jetzt mal, Gonsalez.«

Leon setzte sich hinter das Steuer, und natürlich sprang der Sunbeam diesmal sofort an. Es blieb Leon nichts anderes übrig, als sich zu bedanken, zurückzusetzen und weiterzufahren. Er schwenkte in die nächste Seitenstraße ein und hatte wiederum Glück. Er sah die Frau und den großen Mann ein schwarzes Auto ausländischer Herkunft besteigen. Die Frau fuhr. Der Riese saß neben ihr. Leon folgte ihnen in einigem Abstand. Als sie schließlich von der Straße schwenkten, in eine Ausfahrt hinein, die zu einer der alten Villen führte, parkte Leon, stieg aus und ging zu Fuß weiter. Unbemerkt gelangte er durch den verwilderten Garten zur Ostseite des Hauses, achtete darauf, nicht an einer Rosenhecke hängenzubleiben, und kam gerade rechtzeitig, um zu hören, wie die Frau jemandem erklärte, daß Ambrose nicht tot war.

»Ich sah ihn, Gordon!« sagte die Frau heftig. »Und ich habe ihn nicht verwechselt, glaube es mir. Der Mann im Rolls-Royce war Ambrose.«

Es verging eine Weile, bis die Frau eine Antwort bekam. Eine Keuchstimme sagte, daß Ambrose unmöglich am Leben sein konnte. »Er muß tot sein – stand ja in der Liste vom ersten Januar!«

»Irgend etwas stimmt nicht. Entweder ist sein Name versehentlich auf die Liste gekommen, oder er hat dafür gesorgt, daß er als tot aufgeführt wird, um von der Armee zu desertieren.«

»Und wie kommt er zu einem Rolls-Royce?« fragte die Stimme, die zweifellos zu einem Mann gehörte.

»Das weiß ich nicht.« Schritte ertönten. Plötzlich, bevor sich Leon verstecken konnte, tauchte im offenen Fenster über ihm die Frau auf. Sie entdeckte ihn sofort, und für einen Moment wurde ihr Gesicht noch einen Schein blasser, ihre Lippen noch etwas schmaler.

Leon reagierte sofort. »Madame, ich habe Pech mit meinem Wagen«, sagte er. »Hätten Sie vielleicht die Güte, mich Ihr Telefon benützen zu lassen? Ich glaube, da kann nur ein Mechaniker helfen.«

»Wir haben kein Telefon«, herrschte die Frau ihn an. »Verschwinden Sie lieber von diesem Grundstück, Mister!«

»Oh, entschuldigen Sie, Madame«, beeilte sich Leon zu sagen. »Ich wollte Ihnen keine Unannehmlichkeiten bereiten.«

Im Haus fragte die Rauchstimme, wer denn draußen sei.

»Einer, der Häuser durchs Fenster betreten will«, sagte die Frau und rief nach Norman. Leon zog es vor, sich schleunigst davonzumachen. Er ging die Straße hinunter und wandte noch einmal den gleichen Trick an. Er öffnete die Motorhaube, und während er so tat, als würde er am Vergaser herumfummeln, beobachtete er, wie Norman aus der Einfahrt kam und am Straßenrand stehenblieb. Leon knallte die Motorhaube zu, stieg ein und drehte den Anlasser.

Eigentlich hatte er Glück. Es dauerte eine Weile, bis der Sunbeam ansprang, aber trotzdem glaubte er nicht, daß sich die Frau in der alten Villa hatte täuschen lassen. Leon fuhr langsam an und drehte auf der Straße. Im Rückspiegel sah er, wie Norman wieder in der Einfahrt verschwand.

Als der Anfall vorüber war, lag Gordon halbtot im Polsterstuhl, das eingefallene Gesicht naß von Schweiß.

Die Frau hatte ihm eine Spritze gegeben, und jetzt röchelte er nur noch. So war es immer. Etwa eine halbe Stunde würde vergehen, bis es ihm wieder so weit besserging, daß er wenigstens seinen scharfen Verstand gebrauchen konnte. Und das war momentan von absoluter Notwendigkeit, denn der Mann, den die Frau am Seitenfenster überrascht hatte, war entweder von Scotland Yard oder ein Privatdetektiv, den Lady Belvinne angestellt hatte. Das war für die Frau so sicher wie das Amen in der Kirche, und deshalb hatte Gordon Ennis seinen Anfall gekriegt.

Es war dringend notwendig, daß Gordon Ennis so bald wie möglich eine Entscheidung treffen konnte, vielleicht sogar die wichtigste seines Lebens, das genauso an einem Faden oder am Strick des Henkers hing wie dasjenige von Norman und der Frau, deren Namen eigentlich Linda Larkin war.

Hier, in Langley, galt sie allerdings als Mrs. Ennis, die Frau von Gordon Ennis, und die Leute begegneten ihr mit zurückhaltender Achtung. Bis jetzt war es Linda gelungen, aus ihrer wahren Identität ein Geheimnis zu machen. Obwohl die Leute hier genauso mißtrauisch und neugierig waren wie anderswo, gelang es niemandem, herauszufinden, wer die neuen Besitzer des alten Westfield-Hauses waren. Bei dem Haus handelte es sich um eine Villa aus dem neunzehnten Jahrhundert, die lange Zeit zum Verkauf ausgeschrieben gewesen war, bevor sie schließlich an Fremde vermietet wurde.

Im Grundbuch war der neue Mieter als Gordon Ennis

eingetragen. Er mußte ein wohlhabender Mann sein, allerdings keiner der blaublütigen Reichen, eher ein selbstgemachter Erfolgsmensch, der sich frühzeitig aus dem Geschäftsleben zurückgezogen hatte, um sich hier in Langley die wohlverdiente Ruhe zu gönnen.

Man sah ihn nie, diesen Mister Ennis, nicht einmal in seinem eigenen Garten, der von einer immergrünen Hecke umgeben und mit mächtigen alten Bäumen und dichtem, verwildertem Gestrüpp bewachsen war. Um den wunderschönen Rasen kümmerte sich Norman.

Norman kam ab und zu mit Mrs. Ennis in die Stadt, um Einkäufe zu tätigen. Die Kinder fürchteten ihn. Selbst die Erwachsenen gingen ihm aus dem Weg, und mit der Frau kam nie jemand ins Gespräch.

Für Gordon, Linda und Norman war Langley nichts als eine Zwischenstation in ihrem gemeinsamen Leben. Sie waren schon so oft umgezogen, daß Linda einen Koffer immer gepackt ließ; erstens aus reiner Vorsicht und zweitens aus Bequemlichkeit. Sie haßte es, Koffer ein- und auszupacken.

Der Mann, den sie am Fenster überrascht hatte, war bestimmt kein Versicherungsvertreter. Und Pech mit seinem Auto hatte er auch nicht gehabt. So leicht ließ sich Linda nichts vormachen. Daß er ein Beamter von Scotland Yard war, bezweifelte sie eigentlich. Scotland Yard hätte längst zugegriffen. Außerdem würde sich Lady Belvinne hüten, der Polizei auch nur ein Wort über ihr gemeinsames Geschäftsverhältnis zu verraten.

Der Gedanke beruhigte die Frau. Eigentlich konnte doch gar nichts passieren. Selbst wenn jemand das Gebetbuch finden würde, das Aaron Bean irgendwo in seiner Wohnung versteckt haben mußte. Fast eine halbe Stunde hatten sie und Norman, der ihr nachgeschlichen war, nachdem er zuvor die Frau im Erdgeschoß niedergestreckt hatte, in der kleinen Mansardenwohnung des Totengräbers gesucht. Alles hatten sie auf den Kopf gestellt und kein Winkel war ihnen entgangen, aber das Gebetbuch von Norman war nirgendwo aufzufinden gewesen. Schließlich hatte Linda Norman den Befehl gegeben, den Totengräber umzubringen. Aber Norman weigerte sich. Zum erstenmal, seit er sie kannte, weigerte er sich, einen Befehl von ihr auszuführen. Sie drohte ihm mit seinem Bruder Gordon, aber selbst das nützte nichts. So blieb ihr nichts anderes übrig, als den Totengräber mitzunehmen. Lebend.

Sie verstauten ihn im Kofferraum, und unterwegs versuchte Linda noch einmal, Norman dazu zu bringen, Aaron Bean aus dem Weg zu schaffen. Aber Norman bleckte nur seine Zähne und fauchte sie an.

Jetzt lag Bean im Keller der alten Vorstadtvilla, gefesselt und geknebelt. Niemand würde ihn finden, selbst wenn er um Hilfe geschrien hätte, niemand hätte ihn gehört. Es gab kein Fenster im Keller. Kein Lichtschimmer drang in den kleinen Raum, in dem es nach Moder stank und nach Rattendreck.

Linda Larkin hatte keine Gewissensbisse. Um ihre Pläne durchzuführen, nahm sie alles in Kauf. Und seit Norman den Mann beim Friedhof getötet hatte und die Frau in der Wohnung unter Bean, gingen sie alle wortwörtlich über Leichen. Linda Larkin machte sich nichts vor. Der Mann am Friedhof war ihnen in die Quere gekommen. So war es notwendig gewesen, ihn zu töten. Und die Vermieterin im Haus, in dem der Totengräber wohnte, hätte zweifellos eine gute Beschreibung der dunkel gekleideten Besucherin abgeben können. Deshalb mußte sie sterben. Norman und Gordon brauchten sich darüber gar nicht aufzuregen, dachte Linda Larkin, und wenn Gordon nicht bald zu sich fand, dann war sie gezwungen, allein zu handeln. Jetzt stand zuviel auf dem Spiel.

Leon Gonsalez beeilte sich, nach Hause zu kommen. Trotzdem brannten schon die Laternen, als er in die Curzon Street einbog. Er parkte den Sunbeam vor dem Haus, und diesmal war es Manfred, der ihm die Tür öffnete.

»Wo ist Poiccart?« fragte Leon sofort.

»Ich habe ihm einen Überwachungsauftrag gegeben«, sagte Manfred. Leon hängte den Hut an den Haken und blickte seinen Partner forschend an.

Manfred lächelte. »Eigentlich wollte ich mich selbst mit dieser Aufgabe betrauen, aber es handelt sich bei der zu überwachenden Person um eine junge, ausnehmend hübsche und reiche Frau.«

»Die Braut von Robert Yenford?« sagte Leon schnell.

»Ausgezeichnet, Leon, aber leider falsch. Robert Yenford war nicht verlobt.«

»Wer dann?«

»Hast du schon einmal von Lady Belvinne gehört?«

»Belvinne?« Leon lauschte dem Namen nach, während er in den Salon ging und sich in den Stuhl beim kleinen Marmortischchen setzte. »Wenn du Lady Irene Belvinne meinst, so kenne ich sie aus den Klatschspalten der Zeitungen, George. Man sagt, daß sie die begehrteste Witwe der Londoner Gesellschaft ist und Söhne des europäischen Hochadels um ihre Gunst werben.«

Manfred rückte seinen Schlips zurecht. »Ich bin zwar kein österreichischer Graf, mein Freund, aber im Notfall kann ich ganz herrschaftlich auftreten, und . . .«

»Was ist mit der Frau, Manfred?« unterbrach ihn Leon scharf. »Hör mal, ich glaube nicht, daß wir bei diesem Fall noch viel Zeit zu verschwenden haben. Ich habe zwar Aaron Bean, den Totengräber, nur einmal kurz gesehen und mich ein anderesmal am Telefon mit ihm unterhalten, aber der Gedanke, daß ihm etwas zustoßen könnte, paßt mir gar nicht.«

»Glaubst du, daß er überhaupt noch am Leben ist?«

»Sicher. Solange seine Leiche nirgendwo gefunden wird, ist die Möglichkeit zumindest nicht auszuschließen, daß man ihn nur verschleppt hat.« Leon erhob sich. Er fand einfach keine Ruhe mehr. Er wünschte, er wäre in jener Nacht schneller gefahren, als Aaron Bean mit ihm telefonierte. Aber der Sunbeam hatte erst gestreikt, und dann war der Motor an verschiedenen Kreuzungen ausgegangen.

Manfred riß ihn aus seinen Gedanken. »Bean scheint dir richtig ans Herz gewachsen zu sein«, sagte er.

»Zwei Menschen sind ermordet worden, Manfred!« gab Leon zornig zurück. »Ein junger Mann, der sich in irgend etwas einmischte, was ihn nichts anging, und eine Frau, die man zum Schweigen bringen wollte. Jetzt genügt es!« Leon baute sich vor seinem Partner auf. »Was ist mit Lady Belvinne?« fragte er drängend.

»Ich telefonierte mit Colonel Yenford, kurz nachdem du heute mittag weggegangen bist. Der alte Mann ist verständlicherweise sehr zurückhaltend, aber er gestattete mir trotzdem einen Kurzbesuch. Und weißt du, wen ich in seinem Haus draußen in Belgravia antraf?«

»So, wie du die Frage stellst, kann es nur Lady Belvinne gewesen sein.«

Manfreds Augen leuchteten. »Eine beeindruckende Persönlichkeit, Leon. Von fast atemberaubender Schönheit, obwohl sie über dreißig Jahre zählen muß.«

»Was hat sie mit den Yenfords zu tun?«

»Well, das war natürlich die Frage, die ich nicht zu stellen wagte. Dennoch erfuhr ich im Laufe des Gespräches, daß Robert Yenford und Lady Belvinne befreundet waren. Sie müssen sich bei einer Party zu Ehren des jungen Schriftstellers und seines Erfolges getroffen haben.«

»Und bei dieser Party hat sich der junge, dynamische Yenford in die schöne, reiche Lady Belvinne verliebt?«

»So ungefähr«, nickte Manfred. »Der Colonel machte keinen Hehl daraus, daß er des öfteren nicht mit der Lebensart seines Sohnes einverstanden war. Eigentlich hatte er für Robert eine militärische Karriere im Sinn, aber sein Sohn entpuppte sich als eher friedfertiger Mensch, der nicht Soldat werden wollte. Statt dessen bezog er eine kleine Künstlerbude am Rande von Soho und ließ sich nur noch selten im Hause seines Vaters blicken.«

»Und seine Beziehung zu Lady Belvinne? Wußte der Colonel etwas davon?«

»Er wußte, daß sie sich ab und zu trafen. Und mir schien, als hätte er es gar nicht gern gesehen. So, wie er auf meine Fragen reagierte, störte es ihn sogar, daß die beiden befreundet waren. Bevor ich das Haus verließ, knöpfte ich mir noch den Butler vor, einen ehemaligen Offiziersburschen. Dieser sagte mir, daß Lady Belvinne und Colonel Yenford alte Bekannte wären, und Lady Belvinne oft als Gast im Hause des Colonels ihr Wochenende verbracht hatte, bevor sich dann der junge Herr störend einmischte.«

»Könnte es sein, daß es zwischen Vater und Sohn aus Eifersucht zu Zank und Zwist kam oder sogar zu Auseinandersetzungen?«

»Möglich wäre das schon«, sagte Manfred. »Obwohl ich mir schlecht vorstellen kann, daß sich dieser beherrschte Mann zu einer unüberlegten Tat hätte hinreißen lassen. Er hat einen äußerst scharfen Verstand und beeindruckte mich mit seiner ruhigen, aber bestimmten Art. Er gab mir den Rat, mich im Bekanntenkreis von Robert genauer umzusehen, da sich dieser aus beruflichen Gründen oft in den finstersten Winkeln der Stadt herumtrieb.«

»Genauere Tips konnte er dir wohl nicht geben?« fragte Leon.

»Nein. Aber ich dachte mir, daß es etwas mit Lady

Belvinne zu tun haben könnte, und deshalb hielt ich es für angebracht, Poiccart auszuschicken. Ihn kennt sie nicht.«

»Ausgezeichnet«, sagte Leon Gonsalez und setzte sich wieder an den kleinen Tisch. Er überlegte eine Weile, dann rief er Scotland Yard an. Diesmal erwischte er Dearborn.

»Gonsalez?« entfuhr es dem Inspektor überrascht. »Irgend etwas Neues im Fall Brompton-Friedhof?«

»Nicht viel. Eigentlich wollte ich nur mal nachfragen, ob Sie weitergekommen sind?«

»Ich mache mir Sorgen um diesen Bean«, gestand Dearborn. »Den Totengräber.«

»Keine Spur von ihm?«

»Nein.«

»Waren Sie schon mal draußen in Langley?«

»In Langley?«

»Ja.«

»Sicher war ich schon mal draußen in Langley. Meine Frau und ich, wir haben schon im ›Golden Lion‹ gespeist.«

»Was halten Sie davon, wenn wir uns um Mitternacht vor diesem Wirtshaus treffen?«

Eine Minute lang blieb es still. Leon konnte Dearborn nicht einmal atmen hören.

»Sagen Sie, Gonsalez, ist Ihnen nicht gut?« fragte schließlich Dearborn und schnappte nach Luft. »Was soll ich um Mitternacht dort draußen in der Provinz?«

»Ein paar abgefeimten Schurken unter den Hut sehen, Verehrtester. Und es könnte sein, daß wir Aaron Bean gleichzeitig das Leben retten, denn ich glaube, daß man ihn dort draußen gefangenhält.«

»In Langley? Ich werde verrückt, Gonsalez. Seit wann wissen Sie das?«

»Im Grunde genommen weiß ich gar nichts«, erwiderte Leon und brachte dadurch den guten Inspektor noch mehr durcheinander. »Erinnern Sie sich daran, daß ich Ihnen einmal von einem gewissen Gesetz erzählte, das für . . .«

». . . die Häufung und Gleichzeitigkeit ähnlicher Vorfälle verantwortlich sein soll. Gonsalez, wollen Sie mich auf den Arm nehmen?«

»Das ist nicht meine Absicht. Im Gegenteil, ich dachte, Sie wären daran interessiert, die Unkenrufe der Zeitungen zum Verstummen zu bringen, indem Sie Scotland Yard zu einem überraschenden Erfolg verhelfen.«

»Okay, Gonsalez, okay. Wen soll ich mitbringen, Roos oder eine Hundertschaft von Streifenpolizisten?«

»Kommen Sie allein. Das ist keine Falle.« Leon lächelte. »Ich habe in der Zwischenzeit noch etwas in der Fleet Street zu tun. Bis Mitternacht.« Leon legte auf und lehnte sich im Stuhl zurück. Er war müde. Irgendwo fühlte er sich nicht wohl, und Manfred schüttelte besorgt den Kopf. »Hoffentlich hat er dich nicht angesteckt«, sagte er.

6. Kapitel
Lady Belvinne

Seit der Krieg ausgebrochen war, druckten die Zeitungen Verlustlisten ab, und so fuhr Leon noch in dieser Nacht zur Fleet Street hinaus, getrieben von einer unersättlichen Neugier. Zwar wußte er nicht, wie der Mann im Rolls-Royce, Ambrose mit Vornamen, überhaupt in diesen rätselhaften Fall paßte, aber er ließ sich auf der Fahrt in die Fleet Street nicht einmal von seinen eigenen Argumenten davon abbringen, daß das plötzliche Auftauchen dieses Mannes kein Zufall gewesen sein konnte. Immerhin trug auch dieser, genau wie Norman, der Riese, einen Diamantring am Finger, kein besonders teures und auserlesenes Exemplar, sondern eher einen Jungmädchenring, der ihm nur an den kleinen Finger paßte. Genau wie Normans Ring.

Zufall?

»Niemals«, hörte sich Leon laut sagen, als er vor dem großen Gebäude des *Daily Megaphon* anhielt, einer Zeitung, die schon oft über das Silberne Dreieck geschrieben hatte, wenn auch nicht immer nur Lobendes.

Zwei Stunden verbrachte Leon im Büro des bekannten Londoner Zeitungverlegers Harold Hobbs, der ihm das ganze Archiv zur Verfügung stellte. »Ich hoffe nur, daß dies alles mit rechten Dingen zugeht, Gonsalez«, sagte Hobbs, bevor er sein Büro verließ. »Sie wissen, was ich von Ihren oft unverschämten, um nicht zu sagen, ungesetzlichen Geschäftspraktiken halte, nicht wahr?«

»Wir geben uns Mühe, die Gesetze zu beachten, soweit sie uns nicht bei der Aufklärung ruchloser Verbrechen behindern«, entgegnete Leon Gonsalez und machte sich umgehend an die Arbeit.

Er wunderte sich über die Länge der Verlustliste des Monats Januar. Dieser unmenschliche Krieg forderte zu viele Opfer, und während er Name für Name las, wünschte er, jemand wäre vernünftig genug gewesen, die Waffen zu strecken, ganz gleich, auf welcher Seite.

Da er nur den Vornamen wußte, blieb ihm nichts anderes übrig, als in alphabetischer Reihenfolge alle Namen durchzugehen und zu hoffen, daß Ambrose mit Nachnamen nicht Zebrowski hieß oder gar Zwick. Ambrose Zwick. Leon nahm sich vor, nicht aufzugeben.

Colonel Yenford hatte an diesem Abend einige auserwählte Gäste aus dem engsten Familien- und Freundeskreis zusammengerufen, um seines Sohnes Robert zu gedenken, der in einem Kühlfach von Scotland Yard auf dem Schragen lag, unweit der unglücklichen Mrs. Louise Postgate, von der man annehmen mußte, daß sie den gleichen Tätern zum Opfer gefallen war.

Unter den Gästen des altgedienten Obersten befanden sich unter anderem auch Lady Belvinne und der pensionierte Kriminaloberinspektor Meadows, ein pfeifenrauchender Tontaubenschütze und langjähriger Freund des Colonels.

Nach einem feinen Essen, das von zwei Dienern des Colonels aufgetragen worden war, saß man in stiller Andacht noch etwas zusammen, trank von einem ausgezeichneten Elsässer und griff ab und zu nach der Käse- und Früchteplatte.

Es fiel nicht nur Colonel Yenford auf, daß Lady Belvinne heute abend besonders nervös wirkte. Ihre Bewegungen waren fahrig, unbestimmt, der Ausdruck in ihren Augen war der eines aufgescheuchten Rehes. Sie redete kaum.

Der Tod Roberts mußte ihr furchtbar nahe gehen. Und Inspektor Meadows nahm sich vor, am nächsten Morgen mal Dearborn anzurufen und ein bißchen Dampf zu machen. Das war er seinem alten Freund zumindest schuldig.

Irgendwann im Laufe des Abends erhob sich Meadows, schlenderte durch den großen Salon hinüber zum Fenster und blickte auf die Straße hinunter. Er sah den Mann sofort, der im Schatten einer Hecke stand und in diesem Moment hochblickte. Der Mann wich sogleich zurück, als er Meadows sah, aber der kurze Blick in das scharfgeschnittene Gesicht genügte dem alten Oberinspektor, den Mann zu erkennen.

»Poiccart«, entfuhr es ihm, und Colonel Yenford, der am Kopfende des Tisches saß, blickte auf.

»Seit wann wird dein Haus überwacht, mein Freund?« fragte er den Colonel, der natürlich keine Ahnung hatte. »Da unten steht Poiccart, und ich würde mich nicht wundern, wenn dir der Name etwas sagt?«

»Poiccart? Gehört der nicht zum Silbernen Dreieck?«

»Man nennt sie auch die ›Drei Gerechten‹«, erwiderte Meadows und kam zum Tisch. »Früher hatten wir mit ihnen einigen Ärger, aber jetzt sind sie so hervorragend ehrbare Leute, daß Scotland Yard ihnen sogar schon Polizeischutz hat angedeihen lassen müssen.«

»Einer von ihnen war heute nachmittag schon hier«, erklärte Colonel Yenford. »George Manfred. Verwegen aussehender Mann mit Schneid. Was meinst du, warum Poiccart um diese Nachtzeit dort unten steht?«

»Keine Ahnung. Ziemlich verdrehter Kerl, dieser Poiccart. Man sagt, daß er im Haus an der Curzon Street den Butler spielt. Hätte ich ihn schon bemerkt, als ich ankam, hätte ich ihn reingebeten, das kannst du mir glauben.«

Lady Irene Belvinne lehnte sich im Stuhl zurück und tat, als hätte sie nur geringes Interesse an den »Drei Gerechten«. Tatsächlich aber blieb ihr jedes Wort im Gedächtnis haften, als über sie gesprochen wurde.

Lady Belvinne war auch in Schwarz eine elegante Erscheinung, Witwe eines früheren Ministers, der man ihre dreißig Jahre nicht ansah. Ihr Mann war mehrfacher Millionär gewesen und hatte ihr sein gesamtes Vermögen hinterlassen. Trotz der Blässe ihres Gesichtes, trotz der Trauer um Robert verriet ihre ganze Art die Frau, die sich ihres Standes bewußt war und nie finanzielle Sorgen gehabt hatte. »Was machen diese drei Herren eigentlich?« fragte sie, an den Colonel gewandt. »Ich las, daß sie jetzt Detektive sein sollen. Über ihre früheren Abenteuer ist mir ja durch die Zeitungen einiges bekannt.«

Und wer wußte nicht, was dieses erbarmungslose Trio in jenen Tagen vorstellte, als es selbst vom Gesetz verfolgt wurde. In jenen Tagen, als jeder Verbrecher zitterte, wenn er nur ihren Namen hörte!

»Jetzt scheinen sie gezähmt«, sagte der Halbbruder des Colonels, der mit seiner Frau aus Leicester gekommen war. »Heute würden sie mit ihrer rücksichtslosen Art auf jeden Fall nicht mehr weit kommen, nicht wahr, Meadows?«

Meadows war anderer Meinung. Er meinte, daß Gonsalez, Poiccart und Manfred durchtrieben genug waren, auch heute noch die Lücken des Gesetzes rigoros auszunützen. »Und darauf sind auch ihre Erfolge in der Verbrechensbekämpfung zurückzuführen. Sie brauchen sich nicht um all die Regeln und Bestimmungen zu kümmern, die einem Beamten von Scotland Yard oft genug den Wind aus den Segeln nehmen. Hätte ich als Privatmann Schwierigkeiten irgendwelcher Art, die den Einsatz von Kriminalisten erfordern, würde ich mich ohne zu zögern an das Silberne Dreieck wenden, meine Damen und Herren.«

»Merkwürdig«, sagte Lady Belvinne in Gedanken versunken, »daß ich nicht daran gedacht habe.«

Colonel Yenford drehte sich ihr zu. Auch die anderen schauten sie verständnislos an, und eine leise Röte stieg ihr ins Gesicht.

»Warum, in aller Welt, solltest du denn an die drei denken, Irene?« fragte der Colonel überrascht.

Sie räusperte sich, suchte in ihrem Täschchen nach einem Spitzentüchlein und ließ sich schnell eine Ausrede einfallen. »Ich dachte, daß ich mich vielleicht sofort hätte an das Silberne Dreieck wenden sollen, als Robert . . .« Sie brach ab, und Colonel Yenford legte einen Arm sachte um ihre Schultern.

»Entschuldige, Irene«, sagte er leise.

»Schon gut«, hauchte sie in das Tüchlein, und es kam niemandem mehr in den Sinn, ihr Fragen zu stellen.

Mitternacht war schon vorüber, als Lady Irene Belvinne in ihre prachtvolle Wohnung am Picadilly zurückkehrte. Haus Nummer zehn. Sie sah den Mann nicht, der aus dem Schatten der Häuser trat und sich gegen einen Laternenpfahl lehnte. Der Mann war groß und wuchtig gebaut. Er trug eine Schildmütze auf dem Kopf, einen alten Kittel und ausgebeulte Hosen. Im linken Ohr hatte er einen dünnen Goldring und an der Hand zwei Ringe, einen unechten Silberring mit roten Glassteinen und einen Diamant am kleinen Finger. Der Mann nahm eine Zigarette aus der Brusttasche seines Kittels und steckte sie zwischen seine Lippen. Für einen Moment beleuchtete der Schein der Streichholzflamme sein eckiges Gesicht mit dem behaarten Wulst über den Augen. Der Mann wartete eine Weile, dann gab er ein Zeichen zur Hecke hinüber.

Inspektor Philander Dearborn war pünktlich. Die Kirchturmuhr in Langley schlug Mitternacht. Im »Golden Lion« weigerten sich ein paar letzte Zecher, nach Hause zu gehen, bevor der Wirt nicht noch einen ausschenkte.

Dearborn hatte seinen Vauxhall vor dem Gasthaus geparkt. Leon Gonsalez war noch nicht da. Fast zehn Minuten verstrichen. Es wurde kalt im Dienstwagen des Inspektors. Er schlug den Kragen seines Mantels hoch.

Aus dem Wirtshaus kamen zwei Betrunkene. Sie hakten sich auf dem Bürgersteig unter, lachten und grölten, und dann torkelten sie über die Straße und verschwanden in einer finsteren Häuserlücke.

Fast eine Viertelstunde mußte Dearborn noch warten, bis er im Rückspiegel die beiden Lichtkegel entdeckte, die zweifellos zu einem Sunbeam gehörten. Wenig später parkte Leon Gonsalez seinen Wagen hinter dem des Inspektors und stieg aus.

»Der Motor hat zweimal gestreikt«, sagte Leon entschuldigend, nachdem er sich neben Dearborn auf die vordere Sitzbank des Vauxhall gesetzt hatte. »Haben Sie lange warten müssen?«

»Ich war pünktlich«, sagte Dearborn nicht gerade freundlich. Der Atem stand ihm für einen Moment wie eine Wolke vor der roten Nase.

»Warum machen Sie die Heizung nicht an?«

»Die funktioniert nur, wenn der Motor läuft.«

»Lassen Sie sich von Scotland Yard einen Sunbeam als Dienstwagen zuteilen, Verehrtester.«

»Wir sind kein profitables Privatunternehmen, Gonsalez«, gab Dearborn zurück. »Was ist, wohin gehen wir von hier aus?«

»Wir fahren.«

»Ah. In Ihrem Wagen?«

»Ich erkläre Ihnen alles«, versprach Gonsalez. »Kommen Sie, Dearborn.«

Im Sunbeam demonstrierte Leon erst einmal seine Heizung, lobte die Techniker und die Designer, denen dieses hervorragende Automobil zu verdanken war, und kutschierte Dearborn die Straße hoch, bog bei der Kreuzung nach links ab und gab ein bißchen Gas.

»Nur mit dem Vergaser stimmt immer noch etwas nicht«, sagte er. »Entweder kriegt er zuviel oder zuwenig Benzin.«

»Ich hoffe, wir gelangen dort an, wohin wir unterwegs sind«, gab Dearborn zurück, der sich von Leons Ausführungen nicht beeindrucken lassen wollte. »Sie sind mir eine Erklärung schuldig, Gonsalez.«

Leon lächelte, aber das konnte Dearborn im dunklen Wageninnern nicht sehen.

»Es ist mir gelungen, heute nachmittag ein paar Verbrecher aufzuschrecken, die möglicherweise für den Tod von Robert Yenford und von Louise Postgate verantwortlich sind.«

»Die Mörder?«

»Ein Mörder, vermutlich.«

»Sie sprachen von den Verbrechern.«

»Es sind vermutlich drei, die zusammenarbeiten.«

»Und wer sind diese drei?« fragte Dearborn lauernd.

»Eine Frau, die ein Ungeheuer von einem Mann spazierenführt wie einen Hund. Und der dritte ist ein gewisser Gordon Ennis, und den besuchen wir jetzt.«

»Gordon Ennis. Nie gehört, den Namen.«

»Glaube ich Ihnen gerne, Dearborn. Gordon Ennis scheint einer von diesen abgefeimten Verbrechern zu sein, denen es gelingt, nicht mit dem Gesetz in Berührung zu kommen.«

»Bis jetzt nicht.«

»Richtig. Jetzt gehen zwei Tote auf sein Konto, und damit hatte er wahrscheinlich selbst am wenigsten gerechnet.«

»Haben Sie Beweise?«

»Nein.«

»Indizien?«

»Vielleicht.«

»Was, zum Teufel, wollen wir dann hier? Als Beamter von Scotland Yard kann ich es mir nicht erlauben, in der Stunde nach Mitternacht in irgendwelche Häuser einzudringen und unbescholtene Bürger Großbritanniens zu belästigen.«

»Betrachten Sie sich als nicht im Dienst, Dearborn. Und versuchen Sie, sich durch die Heiligkeit des englischen Heimes nicht stören zu lassen. Es geht immerhin darum, ein paar gefährliche Verbrecher unschädlich zu machen und einem pflichtbewußten Totengräber das zweifellos nicht sehr angenehme Leben zu erhalten.«

Leon Gonsalez, der sich am Nachmittag die Zeit genommen hatte, die Gegend zu inspizieren und sich gewisse Orientierungsmerkmale genau einzuprägen, fand den Feldweg auf Anhieb, der in einer weiten Schleife zum Waldrand führte und von dort zwischen brachliegenden Äckern hindurch zur Rückseite des alten Westfield-Hauses, in dem man ihn am Nachmittag so unfreundlich abgewiesen hatte. Leon machte jetzt die Lichter aus. Trotz des Motorengeräusches konnte er in der Ferne einen Hofhund bellen hören. Sonst war alles ruhig, und die Felder breiteten sich in friedlicher Stille bis zum Waldrand aus, der Himmel und Erde wie ein schwarzer Strich trennte. Der Mond schien. In den Senken bildete sich dünner Bodennebel, der sich wie gespenstische Schleier über dem Land ausbreitete.

Der Glanz der Sterne war hart in dieser kalten Nacht, und um den Mond herum breitete sich ein heller runder Lichthof aus.

Der Sunbeam war eigentlich nicht für Feldwege gebaut. Er ächzte in den Feldern, wann immer es dem Fahrer nicht gelang, Schlaglöchern auszuweichen. Dearborn hielt sich an der Armlehne der Tür fest, schlug aber trotzdem einmal mit dem Kopf gegen das Dach.

»Sorry«, sagte Leon. »Nächstesmal nehmen Sie vielleicht besser einen Sturzhelm mit.«

»Nächstesmal fahre ich«, knurrte Dearborn grimmig.

Beim Waldrand schwenkte Leon ab, und ein alter Karrenweg, der nur aus zwei Radfurchen bestand, brachte sie näher an das alte Westfield-Haus heran, das sich dunkel und drohend gegen den Sternenhimmel abhob. Nirgendwo brannte ein Licht. Leon hielt an und machte den Motor aus. Stille. Dearborn hielt die Luft an. Eine Minute verstrich.

»Ist es hier?« fragte Dearborn leise und atmete aus.

Leon nickte. »Kommen Sie«, sagte er und machte behutsam die Tür auf.

Es war schon einige Zeit her, daß Raymond Poiccart sich dazu hatte überreden lassen, irgendeine schöne Frau zu überwachen. Meistens übernahm Manfred solche Aufgaben, und des öfteren löste er sie auch zu seinem eigenen Vergnügen. In diesem Fall aber hatte Manfred das Pech gehabt, daß er Lady Irene Belvinne schon am Nachmittag begegnet war und sie ihn somit leicht wiedererkannt hätte.

So einfach, wie es sich Manfred allerdings vorgestellt hatte, war es für Poiccart nicht, die besagte Dame im Auge zu behalten. Sie verließ einmal ihr Haus und führte ihre beiden Cockerspaniels Gassi. Poiccart wünschte, er hätte ebenfalls einen Hund dabei gehabt, so daß er ihr unauffällig durch den kleinen Park hätte folgen können. So aber blieb ihm nichts anderes übrig, als immer bereit zu sein, sofort zu verschwinden, falls sie ihn entdeckte. Schön war sie, das ließ sich trotz ihrer winterlichen Bekleidung erkennen. So schön, daß Poiccart im stillen liebliche Reime dichtete. Eigentlich war Poiccart weniger ein Romantiker als zum Beispiel Leon Gonsalez, der sich ab und zu sogar einen Liebesfilm anguckte. Poiccart hielt sich selbst für einen kühlen Rechner, einen scharfsinnigen Pragmatiker mit einem Hang zur Psychologie. Aber Lady Belvinne veranlaßte ihn zu Reimen wie: *Ein Herz in kalter Vollmondnacht einsam und allein, ist wie die Blume in tiefster Winterpracht, eine Rose mit eisigem Schein.*

Poiccart folgte der Frau auch bis zum Haus von Colonel Yenford, das sie am Abend erneut aufsuchte. Dort entdeckte ihn der dämliche Meadows, der früher so oft in die Curzon Street gekommen war und ihnen mit seinen Pfeifen das ganze Haus verpestet hatte.

Poiccart zog es vor, sich aus dem Staub zu machen. Einmal entdeckt, hatte es keinen Sinn mehr, vor dem Haus des Colonels herumzustehen. Poiccart ging in eine Kneipe an der Ecke, trank einen heißen Punsch und fuhr anschließend mit dem Taxi zurück zur Wohnung von Lady Belvinne am Picadilly. Dort versteckte er sich in einer Türnische und wartete darauf, daß die Dame zurückkehren würde.

Irgendwann hielt ein silberner Bentley vor dem Haus, an dem die Nummer 10 in goldenen Zahlen an der Tür angebracht war. Lady Belvinne entstieg der Limousine. Poiccart hörte, wie sie dem Chauffeur eine gute Nacht wünschte, bevor sie in ihrem Nerz zur Tür schwebte, die ihr von der Kammerzofe geöffnet wurde.

Poiccart war derart damit beschäftigt, alles genau zu beobachten, daß er den Mann nicht bemerkte, der sich ihm von hinten näherte. Der Mann bewegte sich lautlos. Er war dunkel gekleidet, und wahrscheinlich hätte ihn Poiccart in der Finsternis, die zwischen den Häusern herrschte, auch dann nicht gesehen, wenn er sich ihm zugewandt hätte. Aber Poiccart blickte angestrengt zur Tür hinüber, die langsam zugemacht wurde.

»Hielt ich dich in meinen Armen«, dichtete Poiccart leise, »dein Mantel wär dir nur noch Last. Ich könnte dir dein Herz erwärmen, doch du siehst mich nicht in deiner Hast. Wenn einmal deine . . .« Weiter kam Poiccart nicht mehr. Er hörte ein Geräusch hinter sich, drehte sich halb herum und wurde im nächsten Augenblick von einem Schlag auf den Kopf getroffen, der ihn haltlos in die Knie gehen ließ. Poiccart seufzte völlig unpoetisch, und es war ihm, als hätte jemand eine dicke warme Decke um ihn geschlagen. Er spürte keine Schmerzen, merkte nicht, wie er gepackt wurde und wie man ihn zum Hinterhof des Hauses schleifte, wo er schließlich zwischen einigen Mülltonnen auf kaltem Kopfsteinpflaster liegen blieb.

7. Kapitel
Der Kopf der Bande

Im Haus war es totenstill. Im schwachen Licht des Mondes konnten Leon und Inspektor Dearborn die Umrisse einiger Möbelstücke sehen, das Treppengeländer, das in den oberen Stock führte, und ein paar Türen, die alle geschlossen waren.

Leon bedeutete Dearborn, leise zu sein und nicht zu reden. Der Inspektor stand so nahe bei ihm, daß er ihn durch den Mund atmen hören konnte.

Minutenlang rührten sie sich nicht vom Fleck. Der Raum, in dem sie sich befanden, war die Halle. In einem großen Spiegel bei der Garderobe sah Dearborn sich selbst, eine dunkle Gestalt ohne Gesicht. Er wünschte, er hätte doch ein paar seiner Konstabler mitgenommen, oder wenigstens Peter Roos als Rückendeckung. Außerdem haderte er im stillen mit seinem Gefährten, der die Hintertür des Hauses mit einem Dietrich aufgemacht hatte und somit unrechtmäßig in ein Haus eingedrungen war. Ohne Haftbefehl. Ohne Beweise. Das konnte Ärger geben, und zwar gewaltig.

Plötzlich ertönte irgendwo ein kratzendes Geräusch. Inspektor Dearborn schauderte. Es war unmöglich, auszumachen, woher das Geräusch gekommen war.

»Haben Sie wenigstens eine Waffe dabei, Gonsalez?« flüsterte er.

Leon schüttelte den Kopf. Obwohl es beinahe stockdunkel war, konnte dies Dearborn erkennen. Er selbst hatte längst nach seinem Dienstrevolver gegriffen, den er glücklicherweise an diesem Abend eingesteckt hatte. Der Griff war schon warm in seiner Hand, und eigentlich hätte er im Notfall nur noch abdrücken müssen.

»Glauben Sie, daß jemand im Haus ist?« fragte Dearborn so leise, daß ihn Leon kaum verstehen konnte.

Leon brauchte ihm keine Antwort zu geben, denn in diesem Moment ertönte ein dumpfes Poltern und dann eine krächzende Stimme.

»Linda?«

Dearborn zuckte zusammen. Die Stimme kam von oben. Er starrte zum Treppenabsatz hoch. Dort stand eine hölzerne Figur, die einen Bischof darstellte oder irgendeinen Heiligen. Sie hatte nur noch einen Arm, und ein Auge war ihr ausgeschlagen worden. Für einen Moment schien es Dearborn, als würde sich die Gestalt bewegen, und er griff in seinem Schreck nach Leons Arm, aber seine Hand fuhr ins Leere.

Dearborn duckte sich. Fast blieb ihm das Herz stehen. Er umfaßte den Revolvergriff fester, ohne ihn aus der Manteltasche zu ziehen. »Gonsalez?« fragte er leise.

Aber er bekam keine Antwort.

Aus dem ersten Stock kam wieder die Stimme. »Linda, hast du alles in Ordnung gebracht?«

Dearborn schluckte. Er überlegte sich gerade, ob er die Treppe hochgehen sollte, als Leon beim Geländer auftauchte. Er trat aus dem Schatten einer Säule heraus und gab Dearborn ein Zeichen, sich ruhig zu verhalten und auf ihn zu warten. Dann ging er langsam und behutsam auftretend die Treppe hoch. Dearborn folgte ihm mit seinen Blikken, und er war froh, daß nicht er es sein mußte, der sich in Gefahr zu begeben hatte.

Auf dem mittleren Treppenabsatz blieb Leon neben der Statue stehen. Mondschein fiel durch ein kleines rundes Fenster und beleuchtete Leons Gesicht. Es schien Dearborn, als würde er grinsen, aber das war wahrscheinlich eine Täuschung. So kaltschnäuzig konnte nicht einmal einer vom Silbernen Dreieck sein, dachte Dearborn, und während er dachte und ihm ein kalter Schauer über den Rücken lief und er sich verlassen und bedroht fühlte, zog er ganz langsam den alten Revolver aus der Manteltasche, den er in seiner ganzen Dienstzeit noch nicht ein einziges Mal hatte benützen müssen.

»Linda, wir dürfen keine Zeit mehr verlieren!« rief die Stimme, und Leon blickte zur Tür hinüber, die einen Spalt offenstand. »Warum kommst du nicht und sagst mir, was geschehen ist?«

Leon ging auf leisen Sohlen auf die Tür zu. Der Teppich dämpfte seine Schritte, und er machte kein Geräusch, bis er bei der Tür anlangte. Er drückte sie mit der linken Hand langsam auf und wich hinter die Wand zurück.

»Bist du das, Norman?« fragte die Stimme mißtrauisch.

Leon wartete ein paar Sekunden. Die Stille hier im ersten Stock war erfüllt von keuchenden Atemzügen, die immer schneller wurden.

»Linda!« rief die Stimme, und jetzt trat Leon in die Türöffnung.

Genau wie er vermutet hatte, brauchte er keine Gewalt anzuwenden. Der Mann, der beim einzigen Fenster im Rollstuhl saß, konnte ihm nicht gefährlich werden. Das Licht des Mondes beleuchtete einen kahlen mageren Schädel und ein eingefallenes Gesicht mit glitzernden Augen, die in tiefen dunklen Höhlen lagen.

Der Mann öffnete den Mund, um etwas zu sagen, aber mehr als ein leichtes Keuchen drang nicht über seine schmalen, blutleeren Lippen.

»Mr. Gordon Ennis?« fragte Leon höflich und trat in den Raum, bei dem es sich zweifellos um ein Schlafzimmer handelte.

»Wer . . . wer sind Sie?« preßte der Mann im Rollstuhl heiser hervor.

»Gonsalez ist mein Name, und ich bin einer vom Silbernen Dreieck«, erklärte Leon und blieb vor dem Rollstuhl stehen. Seine Blicke wanderten schnell durch das Zimmer, überflogen das große Himmelbett mit den geschnitzten Säulen, den riesigen Kleiderschrank aus solider Eiche, die Kommode mit der Waschschüssel aus chinesischem Porzellan und den Wasserkrug. Und an der Wand neben dem Bett, über einem Nachttischchen, das mit Medizin in Flaschen und Dosen überladen war, hing ein Bild, eine Landschaft, die sich nicht in Großbritannien befinden konnte. Leon vermutete Kanada. Oder die USA.

Der Mann im Rollstuhl versuchte sich etwas aufzurichten, aber die Kraft fehlte ihm dazu. Er hatte eine Decke über den Knien und trug eine Anzugsjacke. Es fiel Leon auf, daß sein Hut neben dem unberührten Bett lag und daneben ein Koffer, der vollgepackt schien.

»Tut mir leid, daß ich Ihre Urlaubspläne durchkreuzen mußte«, sagte Leon. »Ich nehme an, Sie wollten nach Kanada reisen, Mr. Ennis?«

»Woher wissen Sie das?« fragte der Mann im Rollstuhl kurzatmig. »Wer hat Ihnen verraten, daß ich allein hier bin?«

Leon lächelte. »Ich wußte nicht, daß Sie allein hier sind. Und wenn wir uns schon so gut verstehen, warum sagen Sie mir nicht, wo man in dieser trostlosen Nacht Ihre Gefährten finden könnte.«

»Ich habe keine Gefährten«, keuchte Gordon Ennis. »Ich bin allein. Ich habe ein gutes Gewissen, Gonsalez! Sehen Sie, ich bin an diesen Rollstuhl gefesselt, und ich habe dieses Haus hier seit Monaten nicht verlassen.«

»Was nicht besagt, daß Sie sich nicht eines Verbrechens schuldig gemacht haben könnten, Mr. Ennis. Nicht wahr, man braucht oft nicht selbst Hand anzulegen, um trotzdem eine schlimme Tat zu verüben.«

Der Atem von Gordon Ennis ging immer schneller. Ein gehetzter Ausdruck geriet in seine stechenden Augen. Leon konnte ihm die Angst ansehen, das Suchen nach einer Fluchtmöglichkeit, die es nicht gab.

»Ich verstehe nicht, was Sie meinen«, preßte er hervor. »Ich bin mir keines Verbrechens bewußt. Und wenn jemand zurückkehrt, wird man dafür sorgen, Sie aus dem Haus zu weisen!«

»Wer sollte denn dafür sorgen, Mr. Ennis? Vielleicht Ihr Bruder Norman, den man als Kind ›Ratso‹ genannt hat? Oder die Dame des Hauses?« Leon lächelte. Obwohl der Mann im Rollstuhl saß und offensichtlich behindert war, hatte er kein Mitleid mit ihm. Gordon Ennis, davon war Leon nunmehr überzeugt, war der Kopf einer Bande, die aus ihm, aus Linda und aus Norman bestand.

Schweiß glitzerte auf dem knochigen Antlitz des Mannes. Er suchte nach Worten, fand aber keine. Leon beugte sich über ihn. »Wo ist Bean?« fragte er. »Aaron Bean, der Totengräber?«

»Ich . . . ich kenne keinen . . .«

»Mr. Ennis, das Spiel ist aus«, warnte Leon kalt. »Wenn meine Vermutungen zutreffen, bleibt Ihnen und Ihren Spießgesellen nur noch der Galgen. Diesem können Sie vielleicht entgehen, wenn Sie Scotland Yard beistehen.«

»Scotland Yard? Sie sind nicht vom Yard, Gonsalez! Ich kenne Sie! Ich habe von Ihnen und vom Silbernen Dreieck gehört. Man wird Ihnen nicht glauben. Niemand wird Ihnen glauben, denn es gibt keine Beweise gegen mich!«

»Ich habe eine Überraschung für Sie, Mr. Ennis. Unten in der Halle wartet Inspektor Philander Dearborn.«

»Snake-Eye?« entfuhr es Gordon Ennis.

Leon nickte. »Moment mal«, sagte er höflich, drehte sich

um und ging auf den Flur hinaus. Als er den Treppenabsatz erreichte, krachte ein Schuß. Leon hörte, wie die Kugel irgendwo dicht bei ihm in die Wand klatschte. Mauerverputz rieselte auf ihn nieder, und der ätzende Geruch von Pulverrauch stieg ihm in die Nase. Leon sprang in Dekkung hinter einer mächtigen Seefahrertruhe.

»Zum Teufel, Dearborn! Wollen Sie mich umbringen!« rief er zornig.

Dearborn hustete und tauchte neben der Statue auf dem mittleren Treppenabsatz auf.

»Eigentlich hatte ich nicht die Absicht«, sagte er und kam die Treppe hoch. »Das Ding ging plötzlich los. Ohne daß ich abgedrückt habe.«

»Lassen Sie besser die Finger davon«, sagte Leon und stand auf. Zusammen gingen sie in das Zimmer zurück, und dort hatte Mr. Gordon Ennis inzwischen einen der schlimmsten Anfälle seines Lebens.

»Der Mann ist todkrank«, schnaufte Dearborn und geriet fast in Panik, als er sah, wie sich Gordon Ennis im Rollstuhl wand, das Gesicht dunkel, mit geschwollenen Adern und verzweifelt nach Atem ringend. »Gibt es ein Telefon im Haus?«

Leon schüttelte den Kopf. »Bleiben Sie hier bei ihm«, sagte er schnell. »Ich fahre ins Dorf. Im Sanatorium läßt sich bestimmt ein Arzt auftreiben.«

Leon beeilte sich. Nach knapp einer Viertelstunde war er zurück. Vom Sanatorium aus hatte man die Ambulanz einer Londoner Klinik alarmiert, und Dr. Morris vom Sanatorium kam mit Leon zum alten Westfield-Haus, wo er sich sofort um den vom Erstickungstod bedrohten Gordon Ennis kümmerte.

Leon aber fand unterdessen die Tür, die zu den Kellerräumen führte. Eine schmale Steintreppe führte in eine Gruft unter dem Haus. Da es dort unten kein Licht gab, benutzte Leon seine Taschenlampe. Unten gab es drei Türen, von denen zwei aus dicken Bohlen bestanden, mit Eisenverstrebungen und schweren Stahlriegeln.

»Bean!« rief Leon, und seine Stimme schlug von den Mauern zurück. Als das Echo verhallt war, hörte er wie aus weiter Ferne eine Stimme, und Leon wußte sofort, daß er endlich einmal nicht zu spät gekommen war.

Aaron Bean hatte sein Abenteuer besser überstanden, als Leon vermutet hatte. Beinahe aufgeräumt und mit einem Bärenhunger kam er aus seinem finsteren Verließ und eilte sofort in die Küche, wo er Käse fand, Brot und Wurst.

Dr. Morris versuchte unterdessen, Gordon Ennis zu verarzten. Er gab ihm eine Beruhigungsspritze, die bewirkte, daß sich der krampfartige Anfall löste und Ennis tief schlief, als schließlich der Sanitätswagen aus St. Marylebone eintraf. Gordon Ennis wurde auf einer Bahre aus dem Haus getragen und im Krankenwagen sicher untergebracht. Dr. Morris fuhr ins Sanatorium zurück, und Aaron Bean entschied sich dafür, bei Leon zu bleiben.

»Was tun wir jetzt?« fragte Inspektor Dearborn, als sich Leon anschickte, die anderen Zimmer zu durchsuchen. Dearborn folgte ihm auf Schritt und Tritt. »Wonach suchen Sie noch, Gonsalez? Wir haben doch den wichtigsten Mann dieser Bande erwischt.«

Leon gab ihm keine Antwort. Eines der Zimmer weckte sein besonderes Interesse. Es hatte eine schwere Tür mit Außenriegel und einer kleinen Luke, durch die man in das Zimmer sehen konnte. Leon öffnete die Riegel und trat ein. Sofort nahm er einen Geruch wahr, den er sonst nur von Kirchen gewöhnt war. Süßlicher, betäubender Geruch, wie von Räucherstäbchen.

Dearborn, der hinter ihm eintrat, hielt den Atem an, als Leon das Licht einschaltete. Der Raum hatte nur ein kleines, hochgelegenes Fenster, das vergittert war. Im Gegensatz zum übrigen Haus, das mit Möbelstücken völlig überladen war, gab es in diesem Raum nur ein weißgestrichenes Eisenbett. Auch die Wände waren weiß und nackt, bis auf ein schwarzes Kreuz, das über dem Bett hing. Der Fußboden war aus Linoleum und voll mit Spielsachen, Puppen, von denen der Kopf abgetrennt war, ein verbeultes Feuerwehrauto, bunte Würfel und eine Menge anderer Kram. Und mitten auf dem Bett lag eine Kuh aus Holz, rosa gestrichen, mit nur einem Horn. Leon lächelte, nahm die Kuh und steckte sie in die Manteltasche.

»Das Zimmer eines Kindes«, sagte Dearborn von der Tür her. »Sie haben mir nicht gesagt, daß hier ein Kind wohnt, Gonsalez.«

»Das Kind ist Norman«, sagte Leon und drehte sich dem Inspektor zu, dessen Augen sich ungläubig weiteten.

Inspektor Dearborn wollte unbedingt im Westfield-Haus bleiben, weil er damit rechnete, daß Linda und Norman hierher zurückkehren würden. Leon hatte weder Zeit noch Lust, ihn davon abzubringen. Er versprach dem Inspektor, Peter Roos zu alarmieren und ihn mit drei Beamten herzuschicken.

»Er soll sich dem Haus unauffällig nähern. Und falls unten beim Eingang die Lampe brennt, dann sind inzwischen die Frau und dieser Norman zurückgekehrt«, ordnete Dearborn an.

»Passen Sie gut auf sich auf, Inspektor«, wünschte ihm Leon. »Das wird eine lange Nacht werden.«

Unterwegs nach London erzählte ihm Aaron Bean, wie er von Norman überrascht worden war, als er von der Telefonzelle ins Haus zurückkehrte. Er hatte Mrs. Postgate an der Tür erwartet, aber an ihrer Stelle empfing ihn Norman, nahm ihn in den Schwitzkasten und drückte so lange zu, bis ihm die Luft ausging.

»Bean, sagte ich zu mir selbst, Bean, zumindest solltest du versuchen, ihm ans Schienbein zu treten. Und genau das tat ich. Aber der Kerl ließ nicht los, schleppte mich zu meiner Bude hoch und warf mich einem Weib vor die Füße, mit dem ich nicht einmal in getrennten Betten schlafen möchte.«

»Linda.«

»Ja. So heißt sie. Und die fragte mich, wo das Gebetbuch sei, und ich sagte ihr, daß ich es nicht gefunden hätte, und da nahm sie ein brennendes Stück Holz aus dem Herd und drohte mir, mich zu blenden.«

»Sie haben trotzdem nichts verraten.«

»Woher wissen Sie das?«

»Scotland Yard fand das Gebetbuch.«

»Tüchtige Leute«, sagte Bean, und Leon konnte nicht ergründen, ob er es ernst meinte oder als Spott. »Ich dachte, Sie kommen mir zu Hilfe, aber das hat wohl nicht geklappt. Schließlich befahl das Weib, mich umzulegen. Einfach so. Mir nichts, dir nichts.«

»Und was hat Norman getan?«

»Der hat sich geweigert. Und so was hab ich noch nie gesehen. Er stampfte mit den Schuhen auf dem Boden rum und ballte seine Fäuste. Und die ganze Zeit rief er: ›Das tu ich nicht! Das tu ich nicht. Zwei genügen!‹ Schließlich verlor das Weib die Geduld und sagte, daß nun Eile angebracht wäre. Dann nahmen sie mich lebend mit, verstauten mich im Kofferraum des Autos und fuhren mit mir eine Stunde lang weiß der Teufel wohin. Einmal hielten sie an, und das Weib öffnete den Kofferraum. Das tat gut, weil ich dadurch frische Luft kriegte, sonst hätten mich wahrscheinlich die Auspuffgase umgebracht. Das Weib wollte, daß mich Norman rausholt und in einen Kanal wirft, aber dieser Kerl wollte einfach nicht. Ich weiß nicht, warum er plötzlich so zimperlich war, wo es ihm doch überhaupt nichts ausgemacht hat, Yenford zu töten, und dann auch noch Mrs. Postgate, die arme.«

»Es ist oft schwierig, festzustellen, was in solchen Menschen vorgeht, Bean«, erklärte Leon, während er auf die Edgeware Street einbog. »Ich vermute, daß es eine Trotzreaktion war. Auf jeden Fall haben Sie Glück gehabt, Bean, und ich bin froh darum, das können Sie mir glauben.«

Bean blickte Leon von der Seite ungläubig an. »Ach was, um einen wie mich würd doch keiner eine Träne weinen«, sagte er. »Jetzt, wo Mrs. Postgate tot ist, habe ich sowieso niemanden mehr außer meinen Toten auf dem Friedhof.«

Leon schwieg. Er wußte nicht, was er ihm zum Trost hätte sagen können, diesem kleinen Totengräber.

»Ich werde Mrs. Postgate einen besonders schönen Platz herrichten«, sagte Bean in Gedanken versunken. »Ja, das werde ich tun. Und mit der Miete kauf ich ihr anständige Blumen aufs Grab.«

Als Leon daheim ankam, lag ein Zettel auf dem Marmortischchen neben dem Telefon mit einer Nachricht von Manfred.

»Falls es Dich interessiert, Poiccart scheint seine Aufgabe nicht sehr ernst zu nehmen. Lady B. hat angerufen. Ich soll sofort kommen. Mach Dir keine Sorgen. Bis die Sonne aufgeht, bin ich zurück.«

Leon nahm die rosarote Kuh aus der Tasche und stellte sie auf den Zettel mit der Notiz, dann ging er zuerst einmal ins Bad, ließ die Wanne vollaufen und legte sich in das heiße Wasser. Er verschränkte die Arme hinter dem Kopf und machte die Augen zu. Erst jetzt merkte er, wie müde er eigentlich war. Richtig zerschlagen. Auch sein Hirn funktionierte nicht mehr so wie sonst. Es gelang ihm schlecht, Klarheit in seine Gedanken zu bringen, und fast schlief er in der Wanne ein.

Das Wasser war schon ziemlich kühl, als das Telefon klingelte. Leon schlug das Badetuch um sich, das Manfred aus Südspanien mitgebracht hatte, verließ das Bad und hob den Hörer ab.

Es war Dearborn. »Nichts«, lärmte er ins Telefon. »Wir haben die ganze Nacht vergeblich auf die Frau und diesen Norman gewartet.«

»Das hätte ich Ihnen gleich sagen können«, sagte Leon schläfrig.

»Warum haben Sie dann geschwiegen?« Dearborn hustete. »Was ist mit Gordon Ennis? Soll ich in die Klinik fahren und ihn verhören?«

»Tun Sie das, Verehrtester.«

»Und was tun Sie inzwischen, Gonsalez?« fragte Dearborn lauernd.

»Ich warte auf die Rückkehr meiner beiden Partner.«

»So?« Dearborn war enttäuscht. »Ich dachte, Sie wollen den Fall abschließen.«

»Es ist nicht mein Fall, Inspektor. Vielleicht darf ich Sie daran erinnern, daß wir eine Privatdetektei sind und nur im Auftrag arbeiten, es sei denn, persönliches Interesse läge vor.«

»Zum Beispiel?«

»Jemand ist in unmittelbarer Gefahr.«

»Bean?«

»Ja.«

»Well, Sie haben ihn befreit. Wahrscheinlich wird er Ihnen bis ans Lebensende dankbar dafür sein.«

»Ein Honorar, mit dem ich mich gern zufriedengebe«, sagte Leon. »Und wenn Sie nichts dagegen haben, lege ich mich jetzt für eine Stunde oder zwei aufs Ohr.«

Inspektor Dearborn hatte nichts dagegen einzuwenden, meinte aber, daß er weit weniger Glück hätte, denn für ihn begann in genau zwei Stunden der Dienst.

8. Kapitel
Besuch nach Mitternacht

Mitternacht war schon vorüber, als Lady Irene Belvinne in ihre prachtvolle Wohnung am Picadilly zurückkehrte. Alle Dienstboten, mit Ausnahme der Kammerzofe, waren schon zu Bett gegangen. Die Zofe blieb in der Diele stehen, und Lady Belvinne wußte, daß ihr Unangenehmes bevorstand.

»Sie hat angerufen, Mylady«, sagte das Mädchen erregt, aber trotzdem so leise, daß die anderen Bediensteten nicht aufwachten. »Sie hat gesagt, daß sie noch in dieser Nacht vorbeikommt und es besser wäre, wenn dann nicht irgendein Privatdetektiv in der Nähe ist.« Die Zofe seufzte ergeben. »Mylady, kann ich Euch zu Diensten sein?«

Irene lächelte. »Nein, mein Kind«, sagte sie. »Geh auf dein Zimmer und schlafe.«

Die Zofe verbeugte sich, ging rückwärts durch die Diele, blieb aber dann stehen.

»Vielleicht wäre es doch besser, wenn Ihr Scotland Yard anrufen würdet, Mylady«, sagte sie nach kurzem Zögern.

»Das wäre eine übertriebene Reaktion auf ein kleines Übel, mit dem ich fertig zu werden gedenke«, erwiderte Irene. »Mach dir meinetwegen keine Sorgen. Es kommt schon alles in Ordnung.«

»Wenn Ihr meint«, sagte die Zofe, und diesmal verließ sie die Diele und ging leise den Flur entlang nach hinten, wo sich die Unterkünfte der Dienstboten befanden. Sie ging auf ihr Zimmer, drückte die Tür leise ins Schloß und setzte sich aufs Bett. Schlimme Gedanken beschäftigten sie. Sie wußte nicht, wie sie Lady Belvinne aus ihrer Misere hätte heraushelfen können. Sie wußte nicht einmal, welcher Art die Sorgen ihrer Herrin waren. Es mußte etwas mit ihrer Vergangenheit zu tun haben, etwas, das sie geheimhalten wollte. Und dieses Geheimnis kam sie teuer zu stehen, davon war die Zofe überzeugt.

Es war so still im Haus, daß sie hörte, wie Lady Belvinne die Wählscheibe des Telefons betätigte und gleichzeitig die Türglocke ertönte. Die Zofe schrak hoch, saß angespannt auf dem Bettrand und wagte es nicht mehr, sich zu rühren.

Irene hörte die Türglocke leise anschlagen und den langen, immer wiederkehrenden Summton am anderen Ende der Leitung. Sie merkte, wie ihre Handflächen feucht wurden und ihr Herz schneller zu schlagen begann. Ihre Augen hingen wie gebannt an der Tür mit dem goldenen Sicherheitsschloß. War der Riegel vorgeschoben? Oder hatte sie vergessen, die Tür abzuschließen? Sie konnte sich im Moment nicht mehr erinnern.

Zum zweitenmal ertönte die Glocke. Dann huschte ein Schatten über den Vorhang im kleinen Fenster der Diele. Am anderen Ende der Leitung nahm jemand den Hörer ab. »Hallo«, sagte Irene und hielt inne.

»Hallo?« kam die Antwort. »Bitte melden Sie sich. Bitte . . .«

Irene hörte die Stimme nicht mehr. Entsetzt, vor Angst wie gelähmt, starrte sie auf die goldene Türklinke, die langsam niedergedrückt wurde. Für einen Moment blieb die Tür zu, aber dann bewegte sie sich nach innen, und die hagere Frau trat in die Diele. Irene wich zurück, bis sie gegen die Wand stieß, an der das Telefon hing. Jetzt hörte sie wieder die Stimme des Mannes.

»Hallo! Wer ist dort? Bitte melden Sie sich!«

Die Frau in der Tür lächelte und trat zur Seite. Hinter ihr

tauchte ein Mann auf, den Irene noch nie gesehen hatte. Ein Klotz von einem Mann, mit einem maskenhaft starren Gesicht und kleinen lebendigen Rattenaugen. Dieser Mann drückte die Tür mit dem Rücken zu, und als er ins Licht der Wandleuchte trat, sah Lady Belvinne zu ihrem Entsetzen, daß er ein Messer in der Hand hatte. Ein großes Fleischmesser, dessen blanke Klinge hell aufblitzte.

Die Frau lächelte und bedeutete ihr, den Hörer aufzuhängen. Einen Moment zögerte Irene, dann gehorchte sie.

Die Frau an der Tür lächelte noch immer. Und sie sagte: »Ich bin froh, daß Sie vernünftig sind, Mylady. Das erspart uns allen viel Ärger.«

So wie sie es sagte, war es nichts anderes als eine Drohung. Irene versuchte Ordnung in ihre Gedanken zu bringen. Sie war keine Frau, die sich leicht verwirren ließ, und auch jetzt gelang es ihr schnell, sich zu fassen. Sie entfernte sich vom Telefon und ging in ihr kleines Arbeitszimmer, in dem die Bibliothek untergebracht war. Unaufgefordert folgte ihr die Frau. Der Mann blieb draußen in der Diele und betrachtete zwei Bilder eines berühmten flämischen Malers, die Irene auf einer Auktion erstanden hatte.

Irene setzte sich an ihren kleinen Sekretär, schlug die Beine übereinander und gab sich Mühe, ihrem schmalen Gesicht einen undurchdringlichen Blick zu verleihen, in dem die ungebetene Besucherin nicht einen Hauch von Freundlichkeit entdecken konnte.

Die Frau trat ein und ließ die Tür hinter sich offen. Listig blickte sie unter den gesenkten Lidern hervor.

»Ich hatte Sie heute nicht erwartet«, sagte Irene. »Was wollen Sie, und wer ist der Mann dort draußen?«

»Norman«, antwortete die Frau. »Er gehorcht mir wie ein gut dressierter Kettenhund!«

»Davon bin ich überzeugt. Es ist das erstemal, daß Sie zu solch später Stunde hierher kommen.«

»Es wird auch das letztemal sein, wenn Sie genau das tun, was ich von Ihnen verlange.« Im untertänigen Tonfall der Frau klang plötzlich eine leise Drohung mit.

Obwohl sich Irene die Überraschung nicht anmerken lassen wollte, bemerkte die Frau, daß sie ihre schmalen, fein geschwungenen Brauen hob.

»Wollen Sie damit sagen, daß wir uns heute das letztemal sehen?« fragte Lady Belvinne.

Die Frau lächelte. »Ich hoffe, Sie trauern unserer Bekanntschaft nicht lange nach, Mylady. Aber bevor Sie sich Hoffnungen machen, die eventuell vergeblich sind, lassen Sie sich warnen. Diesmal ist es Ernst. Ich kann mir kein Pardon mehr leisten. Wie Sie ja selbst wissen, Mylady, waren wir gezwungen, zwei Menschen umzubringen.«

»Sie waren das also wirklich«, entfuhr es Irene. Das Gesicht der Frau wurde wie eine Maske.

»Was haben Sie denn gedacht?« fragte sie mit kalter Stimme. »Nun, Lady Belvinne, wir haben leider nur wenig Zeit zur Verfügung. Ich darf Ihnen vielleicht sagen, daß es Jim heute wieder viel schlechter geht. Wir hatten die größte Mühe, ihn im Bett zu halten. Er wollte durchaus hierher kommen, derart von Sinnen war er. Norman hat ihn festgehalten, bis er sich etwas beruhigt hatte. Nicht auszudenken, der Skandal, den er in seinem Fieberwahn auslösen könnte, nicht wahr, Mylady?«

Irene erwiderte nichts darauf. Sie blickte die Frau nur an, die für einen Moment die Lider senkte. »Ich habe mich entschlossen, ihn schnellstens wegzubringen. Der Arzt meint, daß es ihm in Kanada bestimmt gefallen würde.«

»Letztes Mal war es Südafrika«, entgegnete Irene mit leisem Sarkasmus in der Stimme. »Eine ziemlich kostspielige Reise, Mrs. Ennis.«

Die Frau nickte. Plötzlich schien sie nervös zu werden. So, als wäre sie sehr in Eile.

»Die ganze Geschichte bringt mich noch unter die Erde, Mylady«, sagte die Frau. »Aber ich habe natürlich die Verantwortung für sein Wohlbefinden. Ich weiß nur nicht, wo ich die fünftausend Pfund für die Reise hernehmen soll . . .«

»Fünftausend Pfund!« Irene Belvinne war über diese Forderung entsetzt, ja sogar sprachlos. Die Reise nach Südafrika hatte schon viertausend Pfund gekostet, obwohl anfänglich nur dreitausend verlangt worden waren.

»Ich möchte selbst mit ihm sprechen«, sagte Irene plötzlich bestimmt.

Die hagere Frau hob den Blick, und wieder konnte Irene das listige Glitzern darin erkennen.

»Dazu ist jetzt keine Zeit mehr, nach dem, was passiert ist«, sagte die Frau. »Außerdem wäre es gefährlich, Sie zu ihm zu bringen. Er haßt Sie mit Leib und Seele, Mylady, und wer kann es ihm verdenken. Ich glaube, er würde Ihnen glattweg den Hals abschneiden – nein, das geht wirklich nicht.«

Ein kleines Lächeln huschte über Irenes schönes Gesicht. »Ob diese Drohung mich wirklich abschrecken würde?« sagte sie ruhig. »Ich könnte zum Beispiel auch Scotland Yard anrufen.«

Die Augen der Frau wurden wachsam. Lauernd. »Das hätte böse Folgen für Sie, Mylady. Im übrigen vermute ich, daß Sie sich inzwischen an eine Detektivagentur gewandt haben, und ich warne Sie noch einmal!«

Irene senkte den Kopf. Innerlich war sie furchtbar niedergeschlagen und verzweifelt. Fünftausend Pfund sollte sie jetzt wieder bezahlen. Wollte denn dieser böse Alptraum überhaupt kein Ende nehmen?

Das Telefon klingelte. Irene wollte sich erheben, aber

die hagere Frau winkte ab. Sie ging selbst zum Telefon und nahm den Hörer ab.

»Belvinne-Residenz«, sagte sie. Dann lauschte sie kurz, und ihr Gesicht wurde noch um einen Schein blasser. »Manfred vom Silbernen Dreieck? Nein, Sir, ich glaube nicht, daß Lady Belvinne Sie anrufen wollte. Dazu gäbe es keinen Grund.«

Irene mußte sich beherrschen, nicht aufzuspringen und der hageren Frau den Hörer aus der Hand zu reißen.

»Nein, Sir. Jawohl, Sir. Ich bin die Zofe. Nein, tut mir leid, Lady Belvinne hat sich vor gut einer Stunde zur Ruhe begeben. Jawohl, Sir. Gute Nacht, Sir.«

Linda Larkin, die sich hier immer als Mrs. Ennis ausgegeben hatte, hängte ab. Ihr Gesicht war jetzt nur noch eine Fratze.

»Das Silberne Dreieck also!« zischte sie. »Gut gewählt, Mylady, aber Sie tun besser daran, diese drei durchtriebenen Gesellen aus dieser Sache herauszuhalten. Bedenken Sie, daß es um Ihren Ruf geht, womöglich sogar um Ihr Leben.«

Irene holte tief Luft. »Wann wollen Sie reisen?« fragte sie kühl.

»Morgen.«

»Morgen schon. Wie könnte ich bis morgen fünftausend . . .«

»Lassen Sie sich etwas einfallen, Mylady. Die Banken öffnen um neun Uhr, nicht wahr? Sollte Ihre Erbschaft nicht mehr ausreichen, wird es Ihnen nicht schwerfallen, einen Kredit aufzunehmen.«

»Und wie soll ich Ihnen das Geld zukommen lassen?«

»Ich will es von Ihnen persönlich, Mylady. Aber diesmal muß es besser klappen als am Brompton-Friedhof. Kennen Sie die Hallen des Central Market?«

Irene nickte. Sie kannte diese alten, schmutzigen Markthallen Londons. Robert hatte sie einmal dorthin geführt, weil er in seinem neuen Buch über eine finstere Hintergasse in der Nähe der Hallen schreiben wollte. Sie konnte sich sogar noch an den Namen der Gasse erinnern. Hosier Lane hieß sie.

»Gut, Mylady«, drang die schneidende Stimme der Frau in ihr Bewußtsein vor. »Ich erwarte Sie morgen pünktlich um zehn Uhr bei der hinteren Verladerampe von Halle sieben. Es ist die Halle, die zur Charterhouse Street hinausführt. Fahren Sie bis East Poultry Avenue, da ist eine Lücke zwischen den Markthallen. Dort parken Sie Ihren Wagen, steigen aus und gehen zur Halle sieben. Jemand wird Ihnen dort das Geld abnehmen.«

»Wie erkenne ich denjenigen?« fragte Irene.

Die Frau grinste. »Sie erkennen denjenigen nicht«, sagte sie. »Tragen Sie das Geld in einem Täschchen bei sich. Jemand wird Sie darauf ansprechen. Übergeben Sie dieser Person umgehend das Täschchen, drehen Sie sich um und gehen Sie zu Ihrem Wagen zurück. Falls alles so klappt, wie es geplant ist, sehen wir uns nie mehr wieder.«

Irene nickte. »Ich werde dort sein«, sagte sie fest.

»Mit dem Geld!«

»Mit dem Geld.«

»Und allein.« Die hagere Frau trat langsam zurück. »Überlegen Sie sich gut, was Sie tun, Mylady. Wenn morgen bei den Markthallen irgend etwas Unvorhergesehenes passiert, dann wird Sie Norman zu finden wissen, glauben Sie mir.«

Irene gab der Frau keine Antwort mehr, und die Frau erwartete auch keine. Sie drehte sich um und gab Norman ein Zeichen. Der große Mann machte die Tür einen Spaltbreit auf und lugte hinaus. Es war alles ruhig draußen. Der Mann, den er niedergeschlagen hatte, war entweder tot oder noch nicht wieder aus seiner Ohnmacht erwacht.

Norman ging zuerst hinaus. Dann folgte ihm die Frau, und sie zog die Tür hinter sich ins Schloß.

Für einige Minuten saß Irene in sich zusammengesunken am Sekretär, niedergeschlagen und den Tränen nahe. Dann blickte sie auf die Wanduhr über dem Bücherregal. Es war fast ein Uhr in der Nacht. Sie hob die zierliche Puppe ab, unter der das Tischtelefon verborgen war, und griff nach dem Hörer. Langsam wählte sie die Nummer, und kaum war der erste Summton verklungen, erhielt sie auch schon Verbindung. Sie hörte deutlich, wie am anderen Ende des Drahtes der Hörer abgenommen wurde, hörte die Klänge einer Gitarre, dann eine freundliche, aber erwartungsvolle Stimme.

»Lady Irene Belvinne«, sagte sie. »Sie kennen mich zwar nicht, aber . . .«

»Oh, ich kenne Sie sehr gut«, sagte die Stimme, und sie konnte beinahe fühlen, daß der Unbekannte lächelte. »Wir begegneten uns heute nachmittag – gestern, muß man ja schon sagen – bei Colonel Yenford in Belgravia.«

»Dann sind Sie Mister Manfred?«

»Richtig, Lady Irene«, sagte der Mann am anderen Ende des Drahtes, den sie als einen gutaussehenden Dreißiger in Erinnerung hatte. »Ich hoffe, es ist mir während dieser kurzen Begegnung gelungen, den besten Eindruck auf Sie zu machen.«

»Oh, ich habe Sie in guter Erinnerung, Mister Manfred«, sagte Irene schnell.

»Danke, Madame. Erlauben Sie mir, Ihnen zu versichern, daß mich Ihre Bekanntschaft zutiefst bewegt hat. Noch heute abend, als das Telefon klingelte, nahm ich in glühender Hoffnung an, Sie, Lady Irene, versuchten, sich mit mir in Verbindung zu setzen. Inzwischen schäme ich mich dieses verwegenen Gedankens. Ihre liebenswerte Zofe hat mich auf netteste, aber sehr bestimmte Weise aus meinen kühnen Träumen gerissen und wieder auf den Boden der Tatsachen zurückgebracht. Sie meinte, es bestände keine Veranlassung, daß Sie ...«

»Verzeihen Sie die Unterbrechung«, fiel ihm Irene ins Wort. »Ich war es wirklich, die versucht hat, Sie anzurufen.«

Sie hörte, wie sich der Mann am anderen Ende des Drahtes räusperte, und sie konnte sich vorstellen, daß es ihm jetzt die Sprache verschlagen hatte, obwohl er ein äußerst redegewandter Mensch zu sein schien.

»Wir wurden leider gestört, Mister Manfred«, sagte Irene. »Als Sie dann zurückriefen, war nicht meine Zofe am Telefon, sondern ...« Sie brach ab. »Mister Manfred, ich rufe das Silberne Dreieck an, weil ich Hilfe brauche.«

»Wünschen Sie mich zu sprechen, Lady Irene?« fragte Manfred schnell.

»Ja, sehr gern. Wann können Sie herkommen?«

»Sofort, wenn Sie wünschen. Ich kann in wenigen Minuten bei Ihnen sein, wenn die Lage ernst ist.«

»Ich bin nicht in unmittelbarer Gefahr, Mister Manfred«, sagte Irene. »Aber ich hatte eben ungebetenen Besuch, von dem ich bedroht wurde. Es ist ...«

»Lady Irene, wollen Sie damit sagen, daß jemand in Ihre Wohnung eingedrungen ist?« unterbrach sie George Manfred, und als sie ihm dies bestätigte, bat er sie, umgehend einen Blick aus dem Fenster zu werfen. »Einer meiner Partner ist seit dem frühen Abend bei Ihrem Haus postiert. Sein Name ist Poiccart! Versuchen Sie, ihn vom Fenster aus zu sehen! Rufen Sie bitte einmal nach ihm, und geben Sie mir sofort Bescheid! Ich warte am Telefon.«

Die Sorge in seiner Stimme veranlaßte sie, sofort zu tun, was er von ihr verlangte. Sie ging zum kleinen Fenster und blickte hinaus. Sie konnte keine Menschenseele entdekken. »Poiccart!« rief sie halblaut. Nichts. Keine Antwort.

Sie schloß das Fenster und ging zum Telefon zurück. »Es ist niemand draußen«, sagte sie.

»Sind Sie sicher?«

»Es hat niemand geantwortet, und ich habe niemanden gesehen.«

»Gut, bleiben Sie im Haus, Lady Irene. Ich rufe ein Taxi und bin dann sofort bei Ihnen.«

Bevor sie ihm eine Antwort geben konnte, hatte er aufgelegt. Irene lehnte sich im Stuhl zurück und betrachtete in Gedanken versunken ihr Gesicht im Frisierspiegel.

Manfred stolperte so heftig über Poiccart, daß dieser rülpste, obwohl er ohnmächtig war. Der Lichtkegel von Manfreds Taschenlampe traf das wächserne Gesicht zwischen den Mülltonnen, ein Rinnsal von eingetrocknetem Blut und eine Schwellung über der linken Schläfe. Manfred ließ sich sofort auf die Knie nieder. Er legte Poiccart die Finger gegen den Hals, um den Puls zu fühlen, und er schrak zusammen. Poiccart war eiskalt. Fast wie ein Toter. Manfred packte ihn an den Aufschlägen seines Mantels, hob den Oberkörper etwas an und versuchte, Poiccart aufzuheben. Das gelang ihm erst nach dem dritten Versuch, und er wunderte sich, wie schwer der so hager scheinende Poiccart tatsächlich war, als er ihn am Haus entlang zur Vordertür trug und den Klingelknopf drückte.

Lady Belvinne öffnete ihm und wich erschreckt zurück. »Ist . . . ist er tot?« fragte sie stammelnd.

»Nein. Er lebt noch, aber er muß lange Zeit ohnmächtig hinter dem Haus gelegen haben. Er ist schlimm unterkühlt. Gibt es ein Zimmer, wo ich ihn hinlegen könnte?«

»Folgen Sie mir«, sagte Irene, und sie ging Manfred voran in ihr Schlafzimmer, das in zartem Rosarot gehalten war und in dem es nach einem feinen französischen Parfüm roch. »Bitte, legen Sie ihn auf mein Bett«, forderte sie den verdutzten Manfred auf. Er zögerte einen Moment, aber er sah ihrem Gesicht an, daß sie es ernst meinte. So legte er Poiccart behutsam auf die mit Seidenstoff überzogene Bettdecke, und Poiccart gab ein leises Stöhnen von sich.

»Wach auf, Raymond!« sagte Manfred leise und tätschelte behutsam das blasse kalte Gesicht seines Partners. Irene sagte, daß sie eine Wärmeflasche bereitmachen würde, und verließ das Zimmer. Während sie weg war, erwachte Poiccart aus seiner Ohnmacht. Er blinzelte in das Licht und sah Manfreds verschwommenes Gesicht über sich. Mit einem Ruck wollte er sich aufrichten, aber Manfred drückte ihn sanft zurück.

»Sachte, Raymond«, sagte er. »Du hast eine Gehirnerschütterung.«

»Wo . . . wo in aller Welt bin ich?« fragte Poiccart mühsam. »Ich dachte, im Himmel begegne ich keinem mehr von euch.«

»Pech gehabt«, gab Manfred zurück. »Der Mann, der dich niedergeschlagen hat, wußte nicht, welch einen Dickschädel du hast.«

»Jetzt ist es nur noch ein Brummschädel, Manfred«, sagte Poiccart und fuhr sich mit der Zunge über die trockenen Lippen. »Kannst du mir vielleicht erklären, was passiert ist?«

»Keine Ahnung. Du warst der einzige Augenzeuge, nehme ich an.«

»Er kam von hinten.«

»Ah.«

»Zum Teufel, ich hätte ihn gesehen, wenn er nicht von hinten . . .« Poiccart brach ab. Er schloß wie geblendet die Augen, als Irene mit der Wärmeflasche ins Zimmer kam.

»Ist er zu sich gekommen?« fragte sie besorgt.

Poiccart blinzelte zu ihr hoch. »Ich wußte es«, sagte er.

»Ich wußte es ganz bestimmt.« Er machte die Augen zu und seufzte. Irene sah Manfred fragend an, und der hob die Schultern. »Er dachte, er sei im Himmel, bis er mich erblickte. Jetzt denkt er, Sie sind ein Engel.«

Ein Hauch von Röte legte sich über ihr schmales Gesicht. Sie übergab Manfred die Wärmeflasche und holte eine Decke aus dem Schrank. Poiccart rührte sich nicht. Erst als sich Irene auf den Bettrand setzte und ihm sagte, daß sie ihm warmen Tee gebracht hätte, öffnete er wieder die Augen.

Irene war noch so durcheinander, daß sie nicht recht wußte, wo sie beginnen sollte, als sie George Manfred in der Bibliothek gegenübersaß. Mit tonloser Stimme begann sie endlich zu erzählen, und er lauschte mit regungslosem Gesicht.

». . . ich war ja noch so jung – das ist meine einzige Entschuldigung, und er war hübsch, anziehend, und ich mochte ihn. Ein Chauffeur ist ja eigentlich kein Dienstbote mehr . . . Ich meine, man kann ganz gut Freund mit ihm sein, was bei den anderen – Dienstboten ausgeschlossen ist.«

Manfred nickte. Während er ihr zuhörte, konnte er sie ungestört bewundern. Und manchmal fiel es ihm sogar schwer, sich auf das zu konzentrieren, was sie sagte.

»Es war ja Tollheit, war unrecht, war alles, was Sie sagen wollen. Jetzt weiß ich es auch. Aber damals konnte ich die Reaktion meines Vaters nicht verstehen. Als er Jim aus dem Haus jagte, glaubte ich, mein Herz würde brechen.«

»Ihr Vater wußte . . .?« fragte Manfred ernst.

»Nein, aber Vater war so unduldsam und handelte oft so unüberlegt. Er ahnte vielleicht etwas, denn eines Tages machte er Jim für einen Fehler verantwortlich, den er gar nicht begangen hatte, und das war das Ende. Später erhielt ich einen Brief von dieser Frau, in dem sie mir schrieb, ihr

Neffe wäre todkrank. Tuberkulose. Und sie wüßte genau, was für – gute Freunde wir gewesen wären.«

Zu ihrer Überraschung lächelte Manfred, und sie blickte ihn verletzt an.

»Sie haben mir nur bestätigt, was ich schon heute mittag vermutet habe, Lady Irene«, sagte er.

»Was Sie vermutet haben? Aber Sie kennen mich doch gar nicht.«

»Sie irren sich. Ich habe Nachforschungen angestellt.«

Sie blickte ihn ungläubig an.

»Meine Partner und ich, wir sind mit Ihnen beschäftigt, seit einer von uns zufällig ...« Manfred unterbrach sich und lächelte. »Glauben Sie an Zufälle, Lady Irene?«

Sie gab ihm keine Antwort, da sie nicht wußte, worauf er hinaus wollte.

»Sehen Sie, mein Partner Leon Gonsalez war zu jener Beerdigung geladen, bei der man zwei Leichen in einem Sarg fand, diejenige eines gewissen Hugh Wilkins und die von Robert Yenford. Seither beschäftigt sich vor allem Gonsalez mit dem Fall, was nicht heißen soll, daß wir beide, Poiccart und ich, uns nicht auch Gedanken gemacht haben. Wir sind es gewohnt, zusammenzuarbeiten, ohne einander ständig bei der Hand zu halten. Ich dachte mir, daß Sie, Lady Irene, die Zentralfigur bei diesem Fall darstellten, als ich von Ihrer engen Beziehung mit Robert Yenford vernahm.«

»Sie haben richtig vermutet«, gab Irene leise zu. »Robert und ich waren eng befreundet.«

»Worüber in der Familie Yenford nicht einhellige Freude herrschte.«

»Dies, Mister Manfred, ist eine andere Sache, die nichts mit dem Fall zu tun hat«, erwiderte sie streng. »Seine Familie sah den Charakter unserer Freundschaft völlig falsch.«

Manfred lächelte. »Auch das habe ich mir gedacht, Lady

Irene. Nun sagen Sie mir, warum Robert in jener Nacht beim Brompton-Friedhof ermordet wurde. Ich bin sicher, daß Sie den wahren Grund kennen.«

»Er muß mir gefolgt sein. Unbemerkt. Und dann hat man ihn dort gesehen.«

Manfred nickte. »Und weil er gesehen hat, was er nicht hätte sehen dürfen, wurde er ermordet?«

Irene senkte den Kopf. Er sah, wie Tränen über ihre Wangen liefen. Trotzdem ließ er nicht locker.

»Sie wußten nicht, daß Robert Yenford Ihnen gefolgt ist. Sie wußten nicht, daß er dort beim Brompton-Friedhof zum Mordopfer wurde. Sie erfuhren das erst am nächsten Tag, als Sie Colonel Yenford anrief. Zwar konnten Sie sich nicht vorstellen, was in jener schicksalhaften Nacht passiert war, aber Sie ließen dem Colonel gegenüber kein Wort verlauten. Warum nicht, Lady Irene?«

Sie blickte mit tränenverschleierten Augen auf.

»Ich liebte Jim, und ich liebe ihn noch heute«, flüsterte sie. »Und das ist ja das Schlimmste! Zu denken, er liegt todkrank und hilflos in einem Bett und hat niemanden um sich als diese schreckliche Tante. Diese Gedanken lassen mich seit Monaten Tag und Nacht nicht mehr zur Ruhe kommen. Wenn . . .«

»Tante?« fragte er.

»Mrs. Ennis«, sagte sie.

»Ist das die Frau, die Sie heute nacht besuchte?«

»Ja. Und sie hat einen Mann mitgebracht, den ich für den Mörder halte. Außerdem hat er wahrscheinlich Ihren Partner, Poiccart, draußen niedergeschlagen.«

»Wer war der Mann?«

»Sie nannte ihn Norman.«

Manfred lehnte sich zurück. Er dachte an Leon. Leon würde inzwischen weitergekommen sein als er selbst. Wahrscheinlich war er der Lösung des Falles wieder einmal so nahe, daß es ihm einmal mehr gelingen würde, seine Partner zu überraschen.

»Und jetzt verraten Sie mir vielleicht auch noch, warum Sie neulich am Brompton-Friedhof waren«, sagte Manfred bedächtig. Er mußte Klarheit in diese ganze verworrene Geschichte bringen. »Und warum Yenford umgebracht werden mußte, bloß weil er sich in der Nähe befand.«

Lady Belvinne seufzte und blickte Manfred unsicher an.

»Ich weiß doch nun schon, daß Sie erpreßt werden, Mylady«, sagte George Manfred leise mahnend.

»Nun – also, wir, das heißt Mrs. Ennis und ich, waren dort zu einer Geldübergabe verabredet. Als dann der Wagen von Mrs. Ennis vorbeibrauste, ohne anzuhalten, ahnte ich schon, daß wir einen ungebetenen Zuschauer gehabt haben mußten.«

»Und dann sind Mrs. Ennis – und Norman – umgekehrt und haben den armen Mr. Yenford, der sich sicher gar keinen Reim auf Ihre Begegnung machen konnte, umgebracht. Was hat Mrs. Ennis von Ihnen verlangt, als sie heute hierherkam? Wieder Geld?«

»Fünftausend Pfund.«

Manfred gab sich Mühe, ruhig zu bleiben. Fünftausend Pfund! Das war kein Pappenstiel.

9. Kapitel
Der dritte Zufall

Poiccart hatte tatsächlich eine Gehirnerschütterung, die Bettruhe erforderte. Um einen Skandal zu vermeiden, brachte Manfred ihn noch vor dem Morgengrauen nach Hause, wo sie beide von Gonsalez erwartet wurden. Leon hatte eben am Telefon mit Inspektor Dearborn gesprochen und war eigentlich bereit, sich selbst wenigstens ein oder zwei Stunden Schlaf zu gönnen. Zuerst rief er allerdings den Hausarzt an, der nichts anderes tat, als Manfreds Diagnose telefonisch zu bestätigen. »Er soll liegen bleiben, keine Bücher lesen, kein Radio hören und möglichst gedämpftes Licht haben«, sagte der Arzt. »Ziehen Sie die Vorhänge zu.«

»Ist das alles?« fragte Leon beinahe enttäuscht.

»Ja. Die Rechnung kriegen Sie später.«

Der Arzt hängte ein, und Leon ging in den Salon, wo Poiccart auf dem dick gepolsterten Sofa lag, mit einer kühlen Kompresse auf der Stirn. Er sah noch immer blaß aus, aber sonst hatte sich dieser robuste Mann in der kurzen Zeit schon gut erholt. Leon machte an diesem Morgen das Frühstück. Poiccart wollte nichts. Allein der Gedanke, etwas essen zu müssen, bereitete ihm Übelkeit. »Erzähl mir lieber, was du draußen in Langley erlebt hast«, sagte er. »Aber mit gedämpfter Stimme, bitte.«

Nach dem Frühstück nahm Leon seine Notizen zur Hand und blätterte darin herum. »Mir scheint, daß Manfred der ist, der uns erzählen müßte, was er in Erfahrung gebracht hat«, sagte er plötzlich. »Ich bin sicher, er hat Lady Belvinne auf seine charmante Art ins Verhör genommen.«

»Unsere Geschichten müssen zusammenpassen, Leon«, sagte Manfred. »Und dieses Mal ist der arme Poiccart der einzige, der nicht einmal psychologisch eine Erklärung dafür finden kann, warum man ihm aufs Haupt geschlagen hat.«

»Weil er zu sehr damit beschäftigt war, Lady Belvinne zu bewundern, nehme ich an«, lächelte Leon.

Poiccart schwieg eisern. Hätte er ihnen sagen können, daß er sich mit Poesie beschäftigt hatte? Nein, er wollte nicht so leichtsinnig sein und schon am frühen Morgen den Spott seiner Partner herausfordern.

So hörte er nur aufmerksam zu, als Leon seinen Teil der Geschichte erzählte und erneut unterstrich, daß all diese unglaublichen Vorfälle einem gewissen Gesetz unterlägen, an das er nun um so unerschütterlicher glaubte.

»Wie sonst käme es, daß Ambrose in dem Moment durch Langley fährt, in dem ich Norman und der Frau begegne?« fragte er. »Ein Zufall ist das gewiß nicht.«

»Schon gut, Leon«, sagte Manfred väterlich. »Fahr bitte fort.«

Leon strafte ihn mit einem bösen Blick und erzählte, wie er zur Fleet Street gefahren war und die Verlustlisten vom 1. Januar des Jahres durchgesehen hatte. Einen Mann mit dem Vornamen Ambrose hatte er jedoch nicht gefunden, dafür aber einen James Ambrose Clynes. »Ich wußte zwar nicht, daß dies der Mann aus dem Rolls-Royce war, aber später fand ich die Bestätigung im alten Westfield-Haus von Langley.« Leon brachte ein Bündel Papiere zum Vorschein, das meiste waren Briefumschläge. »Da sind Briefe drin, von der Tochter des Earl of Carlslake, Lady Irene Belvinne.«

»Liebesbriefe?« fragte Poiccart von der Couch her und grinste unverschämt.

»Briefe, wie sie junge Mädchen an einen Mann schreiben, der ihnen viel bedeutet«, gab Leon zur Antwort. »Und der Empfänger dieser Briefe war James Ambrose Clynes, von Lady Belvinne damals liebevoll Jim genannt.«

»Und hast du eventuell auch schon eine Erklärung dafür, wie die Briefe in die Hände einiger Verbrecher geraten sind?«

»Natürlich, George. Ich habe mich in diesem Fall wirklich über die Verhältnisse bemüht. James Ambrose Clynes, den wir zur Vereinfachung weiterhin Ambrose nennen wollen, war als Chauffeur für Lady Belvinnes Vater tätig; übrigens haben wir es hier mit einem gebildeten jungen Mann zu tun, dessen Liebe, obwohl nicht standesgemäß, von Irene in jugendlicher Unbekümmertheit erwidert wurde.« Leon blickte auf. »Er verliert die Stellung - und weil er das Mädchen lieb hat, entschließt er sich, jede Verbindung mit ihr abzubrechen. Der Krieg bricht aus, und er stellt sich sofort. Vor seinem Fronteinsatz schreibt er an seine Wirtin und bittet sie, einen versiegelten Umschlag mit Briefen zu verbrennen, den sie unter seinen Sachen finden würde. Zugleich mit diesem Brief kommt jedoch die Mitteilung, daß Ambrose gefallen sei. Die Wirtin, übrigens die Frau, die sich Mrs. Ennis nennt, öffnet neugierig den Umschlag. Der Inhalt der Briefe genügt, um gegen die bedauernswerte Lady Belvinne vorzugehen; die Erpressungen beginnen.« Leon brach ab und blickte Manfred prüfend an. »Beeindruckend, wie sich dies alles mit der Geschichte deckt, die dir Lady Belvinne erzählt hat, nicht wahr?«

»Verwunderlich ist das schon«, gab Manfred zu. »Soll ich fortfahren?«

»Bitte.«

Manfred lehnte sich im Stuhl zurück. »Ambrose war aber gar nicht tot. Man entließ ihn einer Verwundung wegen aus der Armee, und er kehrte zurück nach London.«

»Nicht ganz, mein Freund. Zuerst folgte er einer Einladung nach Südafrika. Dort hatte er Glück und wurde ein reicher Mann.«

»Und der Zufall, ich meine das Gesetz der Regelmäßigkeit, oder wie immer du es nennst, wollte es, daß er ausgerechnet in seinem dicken Rolls-Royce durch Langley fährt, als sich Mrs. Ennis und Norman auf der Straße befanden?«

»Na, siehst du, worauf ich hinaus will. Solche Zufälle gibt es einfach nicht.«

Manfred hob die Brauen und nickte gewichtig. »Wahrscheinlich hast du sogar recht«, meinte er grübelnd.

»Und was geschieht jetzt?« fragte Poiccart von der Couch her. »Wollt ihr mich noch lange auf die Folter spannen. Was ist mit dieser Ennis-Bande?«

»Nun, wie ich berichtet habe, gelang es unserem verehrten Gesetzeshüter, Inspektor Philander Dearborn, den Kopf der Bande festzunehmen. Mr. Gordon Ennis liegt zur Zeit in einem kleinen Krankenhaus im Norden Londons.

Ich glaube aber, daß er von der Frau nicht vermißt wird. Vielmehr hat sie ihn im Westfield-Haus zurückgelassen, weil er ihr plötzlich zu einer Behinderung geworden ist. Sie hat ihn geopfert, wie ein Schachspieler einen Bauern opfert, um dadurch freie Bahn für seinen nächsten Zug zu kriegen.«

»Und was ist ihr nächster Zug?« fragte Poiccart.

»Die letzte große Erpressung«, sagte Manfred, bevor Leon dazu kam, den Mund aufzumachen. »Fünftausend Pfund!« Und jetzt war es an ihm, mit der Geschichte fortzufahren. »Es fällt mir ja schwer, euch zu gestehen, daß Lady Irene noch immer jenen Mann liebt, der von ihrem Vater davongejagt worden war. Zwar hatte sie sich, wie ich in Erinnerung rufen darf, trotz gebrochenen Herzens verheiratet, und zwar auf Verlangen ihres Vaters. Obwohl ihr Mann, übrigens selbst aus bestem Haus, erfolgreich und vermögend, fast dreißig Jahre älter war als sie, war die Ehe glücklich. Es gelang Lady Irene, die Erpressungen geheimzuhalten. Nie ließ sie auch nur ein Wort über ihr Liebesverhältnis mit dem jungen Chauffeur, James Ambrose Clynes, verlauten. Sie fürchtete nicht so sehr, daß ihr Mann dafür kein Verständnis aufgebracht hätte, sondern sie hatte Angst, daß Mrs. Ennis ihre Drohungen wahrmachen und die Geschichte der Öffentlichkeit preisgeben würde. Immerhin ging es Lady Irene um ihre persönliche Ehre und den Ruf ihrer Familie, die in ihrem Vater ein strenges, nicht sehr tolerantes Oberhaupt hat.«

»Also ließ sie sich erpressen.«

»Ja. Sie glaubte, James Ambrose Clynes liege sterbenskrank bei seiner Tante, Mrs. Ennis.«

»Die gar nicht seine Tante ist.«

»Richtig. Sie hatte keine Ahnung, was tatsächlich vorgefallen war. Sie wußte nicht, daß Jim längst Frontdienst tat und später nach Südafrika reiste. So zahlte sie. Um sich zu schützen und ihrem Jim zu helfen.«

Manfred wandte sich Poiccart zu. »Ich vermutete schon gestern nachmittag, daß man Lady Irene möglicherweise ein letztes Mal heimsuchen würde, Raymond. Immerhin wurden plötzlich zwei Morde verübt, die letzte Zahlung war verhindert worden, und Leon war den Verbrechern auf den Fersen. Das dürfte ihnen nicht entgangen sein.«

»Leider hattest du recht mit deiner Vermutung«, murmelte Poiccart und betastete die große, blutunterlaufene Beule an seinem Kopf.

»Mrs. Ennis will die fünftausend Pfund heute um zehn Uhr haben«, sagte Manfred. »Ihr Plan ist es, sich nach Kanada abzusetzen.«

»Und wo findet die Geldübergabe statt?« fragte Leon neugierig.

»In den alten Hallen des Central Market«, sagte Manfred. »Und wenn keiner von euch etwas dagegen hat, werde ich mich persönlich darum kümmern.«

Leon lächelte und wechselte einen vielsagenden Blick mit Poiccart, der sich wieder die Kompresse gegen die Stirn drückte.

Der Mann unterschied sich nicht von den übrigen Männern, die in Halle 7 des Central Market arbeiteten. Er war kein Schlachter, und er war auch nicht beim Verladen des Fleisches behilflich. Er schien einer der Aufseher zu sein, denn er hatte einen gelben Notizblock und einen Bleistift in der Hand, drückte den an mächtigen Haken hängenden Rinderhälften einen Stempel auf und überwachte vor allem die Laderampe, wo die großen Lastwagen mit den Kühlkästen anhielten, um die Fleischladung aufzunehmen.

Die riesigen Hallen des Zentralmarktes standen an diesem Morgen in dichtem grauem Nebel, der von der Themse hoch durch London kroch. Es waren alte Gebäude, im Jahre 1886 erbaut, mit Quadersteinen und grauem, rissigem Mauerverputz. Unter den vorstehenden Dächern nisteten Tauben, und es roch hier in diesem alten Quartier Londons immer etwas nach frischem Fleisch, ein aufdringlicher Geruch, fett in der kalten Morgenluft.

Der Mann mit dem gelben Notizblock war George Manfred. Das Zeug, das er trug, hatte er aus einem Kostümverleih an der Jermyn Street, dort, wo sich eines der großen Londoner Theater befand. Alles paßte Manfred, als wäre es speziell für ihn angefertigt worden, und an der weißen Schürze, die ihm fast bis auf die ausgetretenen Latschen reichte, gab es sogar Blutflecken, echte, wie ihm die ältliche Dame im Verleih versichert hatte.

Manfred verkleidete sich sonst nur äußerst selten. Eine Maskerade zur Tarnung paßte eher zu Leon, dem es oft Spaß machte, sich zu verkleiden. Aber an diesem Tag wollte Manfred kein Risiko eingehen, denn er beteiligte sich ohne Zweifel an einem gefährlichen Spiel.

Lady Belvinne parkte ihr Kleinauto so, wie es Mrs. Ennis von ihr verlangt hatte, in der West Poultry Avenue. Das Herz klopfte ihr bis in den Hals hinein, als sie einen Blick auf ihre Uhr warf. Sie war zu früh. Noch neun Minuten würde sie warten müssen, neun lange, schreckliche Minuten.

Sie blickte sich verstohlen um. In der engen Straße zwischen den Hallen herrschte Betrieb. Lastwagen kamen und gingen. Männer lärmten, gebeugt unter dem Gewicht riesiger weißer Rinderhälften, die sie sich über die Schultern gelegt hatten. Das Kopfsteinpflaster war glitschig, voller Unrat. Die Auspuffgase der Dieselmotoren mischten sich mit dem Nebel. Die Luft war schlecht.

Drüben, auf der anderen Seite der Straße, zwischen Kisten und Fässern, stand ein alter Mann. Ein zerschlissener Mantel hing von seinen Schultern. In seinem faltigen Gesicht sprossen silberne Bartstoppeln. Er kratzte mit dem Zeigefinger Ruß aus seiner Pfeife und stopfte sie mit Tabak aus Kippen, die er aus dem Bordsteingraben gefischt hatte.

War er tatsächlich ein Penner? Oder hatte ihn Mrs. Ennis ausgeschickt? War er ein Spion?

Irene wußte es nicht.

Ein großer, breitschultriger Mann kam aus einem Tor. Er sah sich kurz um, erblickte das Kleinauto und kam herüber.

»Sie können hier nicht parken, Ma'am«, sagte er mit dem Akzent eines Walisers. »Das ist eine Ladezone.«

Irene wollte ihm sagen, daß sie nur einige Minuten hier stehenbleiben würde, aber ihre Stimme versagte ihr den Dienst. Ihre Kehle war wie ausgetrocknet, und der Mann fragte sie, ob er etwas für sie tun könne. »Das ist kein Ort für eine nette junge Dame«, sagte er.

Sie lächelte flüchtig, betätigte den Anlasser und fuhr ein Stück weiter. Sie parkte jetzt an einer Stelle, die nicht gekennzeichnet war. Die Uhr zeigte drei Minuten bis zehn. Sie stieg aus und nahm die kleine Geldtasche unter den Arm, drückte sie fest an sich und ging vorbei an den arbeitenden Männern und den Lastwagen bis zur Ecke Charterhouse Street.

Dort blieb sie stehen und blickte sich noch einmal nach allen Seiten um. Der alte Mann mit der Pfeife war nicht mehr dort.

Irene ging weiter, vorbei an großen Toren, von denen einige dicht waren. Rampe 5. Rampe 6. Dann kam ein Stück graue Mauer. Davor war der weiße Lieferwagen einer Metzgerei geparkt, Froner & Nevin, der keine Fenster hatte. Ein kleines aufgemaltes Schwein machte fröhlich Handstand.

Das Tor Nr. 7 war offen. Ein riesiger Überlandlaster war davor geparkt und schon halb gefüllt mit Hälften von Rindern, Kühen und Schweinen. Der Lastwagenfahrer, ein junger Mann mit einer schwarzen Seefahrermütze, wurde auf die hübsche Frau aufmerksam. Er lehnte am Kotflügel seines Lastwagens und pfiff respektlos durch die Zähne.

Irene blieb stehen. Die Männer trugen Fleisch an ihr vorbei, ohne sie zu beachten. Sie war darauf bedacht, ihnen nicht in den Weg zu geraten. Der junge Lastwagenfahrer löste sich vom Kotflügel, nahm die Mütze vom Kopf und fuhr sich mit den Fingern durch das blonde Kraushaar.

Irene hielt den Atem an. Jeden Moment erwartete sie, daß er ihr ein Zeichen geben würde. In diesem Moment ging die Tür zum Laderaum des Metzgerei-Lieferwagens auf. Irene bemerkte es nicht, denn ihre ganze Aufmerksamkeit galt dem jungen Mann mit der Schiffermütze. Bevor dieser jedoch bei ihr war, wurde Irene von einer kräftigen Hand am Arm gepackt und herumgezogen. Ein gepreßter Schrei entfuhr ihr. Sie erkannte den klotzigen Mann sofort, der sie festhielt und mit sich zerrte. Und jetzt sah sie das blasse, knochenmagere Gesicht hinter der Windschutzscheibe des weißen Lieferwagens.

»Bitte, nehmen Sie das Geld!« stieß Irene flehend hervor. »Lassen Sie mich gehen!«

Der riesige Mann gab ihr keine Antwort, und sein Griff lockerte sich nicht. Er zog sie auf den Lieferwagen zu, dessen Motor inzwischen lief. Irene sträubte sich etwas. Sie warf den Kopf herum, suchte nach Hilfe und sah den Mann, der auf der Verladerampe erschien, einen Notizblock in der Hand. Zuerst erkannte sie ihn nicht, so hatte er sich seit einigen Stunden verändert. Aber als er den Notizblock fallen ließ und von der Rampe sprang, wußte sie, daß es nur George Manfred sein konnte. Sie fing an, sich zur Wehr zu setzen, aber Norman war so kräftig, daß sie ihm mit ihrer kleinen Faust nicht beikommen konnte. Er riß ihr die Tasche aus dem Arm, stieß sie hart herum und versuchte, sie in den Lieferwagen zu zerren, als George Manfred ihn wie ein Löwe anfiel.

Norman ließ Irene sofort los und wandte sich mit erstauntem Ausdruck im Gesicht dem Mann zu, der ihn so heftig angriff.

Er ballte seine Pranken zu mächtigen Fäusten, und als ihm Manfred den Kopf in den Leib rannte, schlug er sie ihm so hart ins Kreuz, daß Manfred wie vom Blitz getroffen in die Knie ging. Er kriegte keine Luft mehr, aber es gelang ihm trotzdem, sich an Normans Hose hochzuziehen, als der Lieferwagen jäh anfuhr.

Norman griff nach dem einen Türflügel, bekam ihn zu packen und hechtete auf die Ladefläche. Er merkte gar nicht, daß er Manfred wie eine Klette am Bein hatte, und erst als ihm dieser im Innern des Kastens den Revolver in den Bauch drückte, dämmerte es ihm, daß irgend etwas nicht stimmte.

»Du hast nichts zu fürchten, mein Freund«, sagte Manfred, nach Atem ringend, und im nächsten Moment fuhr der Lieferwagen so scharf um eine Kurve, daß er gegen die Seitenwand gedonnert wurde. Norman nahm die Gelegenheit wahr, sich auf ihn zu stürzen, und während die beiden Türflügel auf- und zuschlugen und der Lieferwagen kreuz und quer durch London fuhr, kämpfte Manfred mit einem Mann, der Bärenkräfte hatte. Eigentlich war es ein aussichtsloser Kampf, aber Manfred gab so schnell nicht auf. In der nächsten Kurve, als sie sich auf dem Blechboden überrollten, prallte Norman so heftig gegen die Streben, daß er fast das Bewußtsein verlor. Manfred sprang sofort auf, wurde aber im nächsten Augenblick von den Füßen gerissen, als der Lieferwagen scharf abbremste. Beide Türflügel schlugen zu und öffneten sich nicht wieder. Es war jetzt stockdunkel im Wagenkasten, der nicht einmal ein Verbindungsfenster zur Führerkabine hatte. Manfred hörte Norman stöhnen. Der Lieferwagen fuhr wieder an, wurde schneller, schlitterte mit quietschenden Reifen um eine Kurve und schleuderte.

Es war Manfred, als drehe sich der Lieferwagen plötzlich wie ein Kreisel, aber das mußte eine Täuschung sein. Irgendwo erklangen Nebelhörner. Sie mußten sich in der Nähe der Docks befinden.

»Norman«, sagte Manfred leise in die pechschwarze Finsternis hinein.

»Der Kopf tut mir weh«, sagte Norman mit vorwurfsvoller Stimme. »Es blutet.«

»Dann versuch, ruhig zu bleiben, Norman«, sagte Manfred eindringlich. »Es passiert dir nichts, wenn du dich ruhig verhältst.«

»Wer bist du?«

»Ein Freund von Gordon«, log Manfred. »Weißt du, wohin wir fahren?«

»Ja. Wir fahren zum London-Bridge-Bahnhof und von dort nach Dover. Mit der Eisenbahn.«

»Freust du dich auf die Eisenbahnfahrt, Norman?«

»Ja, sehr. Wird Gordon dort sein?«

»Ganz bestimmt!«

»Ganz bestimmt?«

Manfred tastete sachte nach seinem Revolver, der ihm beim Kampf entfallen war, und als seine Finger gegen den kalten Stahl des Laufes stießen, war ihm wohler.

Mrs. Ennis, alias Linda Larkin, hatte im Rückspiegel des Lieferwagens nur gesehen, wie Norman Lady Belvinne von der Rampe wegzerrte und dann von einem Mann angegriffen wurde. Überzeugt davon, daß Norman mit dem Angreifer leicht fertig geworden war, fuhr sie sofort los, da der junge Lastwagenfahrer jetzt auf den Lieferwagen zulief. Im Rückspiegel sah sie nur noch, wie Lady Belvinne stürzte und wie ihr einige Arbeiter zu Hilfe eilten. Ihr selbst wäre eine solch bevorzugte Heldentat nie entgegengebracht worden, dachte Linda Larkin eifersüchtig, während sie den Lieferwagen durch die enge Straße steuerte, vorbei an den Markthallen, auf die Farringdon Road einschwenkte und südwärts durch London fuhr.

Auf einer der großen Kreuzungen rammte sie beinahe ein Taxi. Sie mußte so scharf abbremsen, daß Norman hinten im Laderaum gegen die Blechwände knallte. Sie konnte den Aufprall hören und vernahm die Erschütterung.

Die Blackfriar-Bridge lag im dicksten Nebel. Linda Larkin konnte kaum das vordere Ende der Kühlerhaube sehen. Sie nahm etwas Gas weg, schwenkte nach links in die Southwark Street ein und fuhr im Nebel bis zum London-Bridge-Bahnhof, vorbei an den Parkplätzen. Sie hatte Zeit. Der Zug nach Dover fuhr erst um 11 Uhr 25. Ganz langsam steuerte Linda Larkin den Lieferwagen zur Einmündung der Hay's Lane, die hinunter zum Themseufer führte.

Im grauen Nebel waren die kleinen Häuser links und rechts der schmalen Gasse nur schemenhaft zu erkennen. Kein Mensch war auf der Straße. Unten am Kai glänzten die Pflastersteine naß. Nebelhörner ertönten.

Linda Larkin hielt dicht an der steilen Böschung an, die zum Wasser hinunterführte. Sie wollte nur schnell nach hinten gehen und Norman das Geld abnehmen. Den Motor des Lieferwagens ließ sie laufen. Sie zog die Handbremse an und stieg aus. Eine Ratte huschte ein Mäuerchen entlang.

Hinten im Laderaum war alles ruhig.

»Norman?« fragte sie vorsichtig, bevor sie nach der verchromten Klinke griff.

»Sind wir am Bahnhof?« kam die Stimme Normans zurück.

Ein heimtückisches Lächeln glitt über die harten Gesichtszüge Lindas. Sie drückte die Klinke nieder und machte den Verschlag auf. Norman hockte im Dunkeln.

»Habe ich dir nicht befohlen, Lady Belvinne mitzunehmen, Norman?« fragte die Frau streng.

Norman senkte den Blick.

»Nun, hast du wenigstens das Geld?«

Norman langte hinter sich und streckte ihr eine kleine lederne Tasche entgegen. »Ist Gordon hier?« fragte er.

Linda griff nach der kleinen Tasche und riß sie ihm förmlich aus der Hand.

»Wir sind gleich bei ihm«, sagte sie und knallte die Tür zu. Sie legte die kleine Ledertasche auf das Mäuerchen, stieg ein und starrte für eine Minute in den Nebel hinaus, in dem nichts zu sehen war. Dann legte sie den ersten Gang ein, löste die Handbremse und ließ die Kupplung langsam los, während sie sich zum Sprung bereitmachte.

Der Lieferwagen geriet langsam, beinahe zögernd in Bewegung. Linda Larkin sprang aus der Führerkabine, rutschte auf dem nassen Kopfsteinpflaster aus, stürzte und schlug sich das Knie auf. Halb am Boden liegend sah sie zu, wie der Lieferwagen die Böschung hinunterrollte und vom Nebel verschluckt wurde. Sie hörte, wie das Wasser der Themse gurgelte, und eigentlich erwartete sie, daß Norman schreien würde, aber kein Laut drang zu ihr hoch.

»Schade, daß wir nicht zusammen fahren konnten«, spottete sie leise und erhob sich. Sie brachte ihren Mantel in Ordnung, wischte sich die Hände sauber und drehte sich um. Mitten in der Bewegung erstarrte sie, denn dort, beim Mäuerchen, wo die Geldtasche lag, stand groß und wuchtig Norman. Erst glaubte Linda, die Phantasie spiele ihr einen Streich, aber dann tauchte aus dem Nebel ein anderer Mann auf, und der hatte einen Revolver in der Hand.

»Wohin Sie reisen, Madame, wird Ihnen Norman nicht unbedingt folgen wollen«, sagte der Mann.

»Wer sind Sie?« knurrte Linda haßerfüllt.

»George Manfred vom Silbernen Dreieck«, sagte der Mann kühl. »Ich hielt mich hinter Norman verborgen, als Sie ihm die Geldtasche abnahmen. In der Dunkelheit haben Sie mich glatt übersehen, Mrs. Ennis, und als Sie sich daranmachten, Ihr letztes Verbrechen zu verüben, sind wir ausgestiegen.«

Kaum hatte er ausgesprochen, als sich am Kai ein

schwarzes Auto aus dem Nebel schälte. Nebelleuchten blendeten die Frau. Manfred beschattete seine Augen mit der Hand. Das Auto war der Vauxhall von Inspektor Dearborn, und der erste, der ausstieg, war Leon Gonsalez.

»Wo, zum Teufel, kommt ihr denn her?« fragte Manfred.

»Wir sind euch unauffällig gefolgt«, sagte Leon. »Auf der Southwark Street haben wir euch dann verloren. Dearborn fuhr zum Bahnhof und wollte eigentlich auf den Parkplatz einschwenken, verfehlte aber die Einfahrt. So fuhr er zum Kai hinunter.«

»Eigenartig«, sagte George Manfred. »Daß ausgerechnet dir immer solche Dinge passieren müssen.«

Leon lächelte. »Dies, mein lieber Freund, nenne ich nun wirklich Zufall«, sagte er, während Inspektor Dearborn ausstieg, mit rotgeränderten Augen und wirrem Haarschopf. Er sah furchtbar übernächtigt aus, unterdrückte ein Gähnen, während er Linda Larkin die Handschellen anlegte.

»Was ist mit dem dort?« fragte er und zeigte auf Norman.

»Das ist Norman«, erklärte Manfred. »Ein harmloser Mensch. Er wird Ihnen keine Schwierigkeiten machen, nicht wahr, Norman?«

Norman hatte nur Augen für das Polizeiauto. Manfred ging zu ihm hin und ließ sich den kleinen Diamantring geben, den Norman am Finger trug. Er betrachtete ihn und wandte sich seinem Partner zu. »Ich hätte es zu schätzen gewußt, wenn du Lady Irene mitgebracht hättest, Leon. Dieser kleine Ring gehört nämlich ihr, ein Geschenk ihrer ersten Liebe. Leider mußte sie ihn später hergeben.«

»Tut mir leid, da war nichts zu machen«, sagte Leon. »Sie wollte dringend ins Picadilly-Hotel, und du darfst dreimal raten, wer sich dort eine Suite gemietet hat?«

»Ambrose?«

»Volltreffer«, sagte Leon und war Dearborn dabei behilflich, Norman dazu zu überreden, in das Polizeiauto einzusteigen.

Auf dem Weg zum Yard durfte Norman dafür einmal die Sirene ertönen lassen, und darüber freute er sich wie ein Kind.